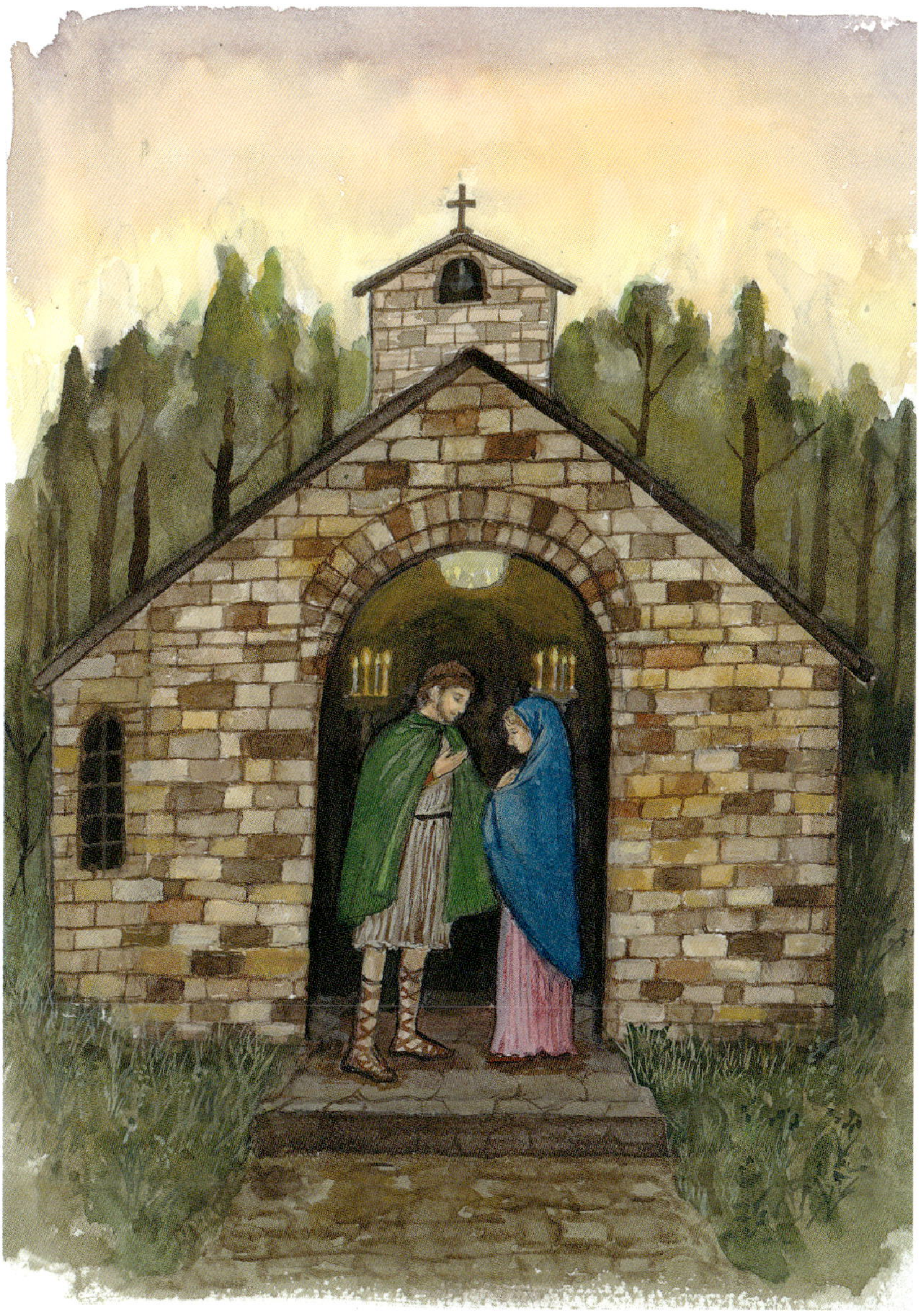

クリスマス小品集２

恋人たちの夜明け

及川 信

YOBEL,Inc.

装幀　ロゴスデザイン：長尾 優
表紙絵・本文挿絵　白石孝子

恋人たちの夜明け

目次

目　次

挿絵　白石孝子

星降《ほしふ》る大地《だいち》

一

ゼベダイの子《こ》　ヤコブは、イスパニア（スペイン）の北西《ほくせい》の端《はし》、海辺《うみべ》にちかい岩《いわ》のゴツゴツする丘《おか》に　たたずんでいました。
イエスの降誕祭《こうたんさい》、クリスマスのころです。
かぞえきれない星《ほし》が　燐光《りんこう》のように　赤《あか》　青《あお》　黄《き》　あるいは　白く輝《かがや》き　深海《しんかい》の底《そこ》から湧《わ》きあがるような　清《きよ》らかな光《ひかり》が　ヤコブを　感動《かんどう》させています。
天空《てんくう》を　西《にし》から東《ひがし》へと　流《なが》れ星《ぼし》が　走《はし》ります。
「いま　七《なな》つの星《ほし》が　東《ひがし》へと　むかいました」
ひとりの弟子《でし》が　そういったとたん、天《てん》より　声《こえ》が　ひびきました。
「ヤコブよ、ユダヤの地《ち》に帰《かえ》りなさい。福音《ふくいん》を　宣《の》べ　つたえなさい」
ひざまずいたヤコブは　天を　あおぎました。

星《ほし》の光は　階段《かいだん》のように　天高《たか》くのぼり、神《かみ》の使《つか》いが　聖歌《せいか》を　うたいながら　蒼空《そら》のはしごを　のぼってゆきます。
世界《せかい》を　こよなく愛《あい》する　救《すく》い主《ぬし》、
至愛《しあい》の子を　飼《か》い葉槽《ばぶね》に恵《めぐ》みし　主《しゅ》なる神《かみ》よ
キリストの降誕《こうたん》を　讃栄《さんえい》せしめたまえ
ヤコブよ　神の愛の絆《きずな》につながれて
兄弟《きょうだい》を貴《たっと》び　姉妹《しまい》をいつくしみ
救いの飼い葉槽に　箱舟《はこぶね》のようにのり
神の子の　降誕を　つたえなさい

まるく　なめらかな石《いし》にこしかけた　恩師《おんし》　ヤコブを　弟子が　かこみました。

「子らよ、わたしは　神の命《めい》にしたがい　ユダヤの地《ち》　東方《とうほう》へ帰ろう」

ヤコブは　東《ひがし》の地平《ちへい》にかがやく　みちびきの星を　目《め》にしました。

「誓《ちか》いなさい。かならず　わたしのからだ　遺体《なきがら》を　ここに　もどすと」

じぶんの右《みぎ》ももに　弟子の右手《みぎて》をのせさせ、ヤコブは　ひとりひとり　弟子のあたまに　右手をのせ　十字《じゅうじ》のしるしを画《か》きました。

恩師のいるところには　花《はな》が咲《さ》き　お陽《ひ》さまが照《て》らし暖《あたた》めているような　やわらかなれもん色《いろ》の光《ひかり》が　満《み》ちています。

七人《しちにん》の弟子の誓いのあと、のこるふたりに　こう　つたえました。

「あなたたちは　ここイスパニアにのこり　わたしの埋葬《まいそう》の準備《じゅんび》をしなさい」

素直《すなお》にこうべを垂《た》れたふたりでしたが、祝福《しゅくふく》をうけたあと　目には　涙《なみだ》がうかんでいました。

七人の弟子と旅《たび》だったヤコブは、およそ三か月《げつ》かけ、春《はる》の花咲く　乳《ちち》と蜜《みつ》のながれる地　ユダヤへ　帰り、ユダヤの王《おう》　ヘロデ・アグリッパ一世《いっせい》のまえに　立ちました。

二

ヘロデ・アグリッパ王《おう》は　ヤコブを　とらえました。
「ヤコブよ、〝わたしはイエス・キリストへの信仰《しんこう》をすてた〟　人《ひと》びとのまえで　宣言《せんげん》せよ。
さすれば　いのちだけは　助《たす》けてつかわそう」
「昔《むかし》　イエスは　わたしを　ひとをとる漁師《りょうし》として　召《め》されました。信《しん》と愛《あい》とをもって
わたしたちをみちびき　一度《ど》として　裏切《うらぎ》りませんでした。裏切ったのは　わたしたち
でした。受難《じゅなん》と十字架《じゅうじか》のとき　恐怖《きょうふ》から逃《に》げだした　わたしたちを　あらためて受《う》け
容《い》れ　主《しゅ》の救《すく》いの福音《ふくいん》を宣《の》べ伝《つた》えるよう　希望《きぼう》をおあたえくださいました」

王《おう》は　冷《ひ》えた声《こえ》で　いいました。

「処刑《しょけい》されても　かまわぬと」

「われらの神《かみ》は　すべてのひとを救《すく》います。ほんとうの救いとは　真《しん》の自由《じゆう》にあります。
恐怖《きょうふ》による束縛《そくばく》ではなく　愛に満《み》ちた自由《じゆう》です。いのちがいのちをはぐくみ　信《しん》が
希望《きぼう》と愛を　生《う》みます」

弟子《でし》は　ヤコブを「ボアネルゲス」　雷《かみなり》の子《こ》と呼《よ》びました。
ヤコブの語《かた》りかけは　静《しず》かで　訥《ぼく》とつ、大地《だいち》の深淵《しんえん》からの地響《じひび》きのような重《おも》さをもち、
雷《いかずち》で打《う》たれたような感動《かんどう》をあたえます。

ヤコブを慕《した》い　洗礼《せんれい》をうける犯罪者《はんざいしゃ》、牢番《ろうばん》が　続出《ぞくしゅつ》しました。
そのためアグリッパは　処刑の日《ひ》を早《はや》めました。
愛の使徒《しと》ヤコブの　影響力《えいきょうりょく》に、脅威《きょうい》を感《かん》じたからです。

夜明《よあ》けまえ、ヤコブの処刑直前《しょけいちょくぜん》　残忍《ざんにん》で知《し》られた監獄長《かんごくちょう》までもが　洗礼を希望しました。

「主《しゅ》よ、わたしを　おゆるしください。わたしは　地獄《じごく》に墜《お》ちることでしか　悔《く》い改《あらた》めつぐなうことができません。そんな　わたしでも　洗礼を　うけることができましょうか」

刑吏《けいり》に手《て》わたされた水《みず》を　祝福《しゅくふく》したヤコブは　ひざまずいている監獄長に　三度《さんど》水をかけ　洗礼をさずけました。

「あなたは　きょう　わたしといっしょに　天国《てんごく》にいます」

剣《つるぎ》に　くびをうたれ　ヤコブ　そして　監獄長は　永眠《えいみん》しました。

そのとき、まっ白《しろ》な光線《こうせん》が　はばたくハトのように　明《あ》けの明星《みょうじょう》めざし　走《はし》りました。

七人《しちにん》人の弟子は、飼《か》い葉槽《ばぶね》のような形《かたち》の柩《ひつぎ》に　ヤコブのからだ　不朽体《ふきゅうたい》を　おさめました。柩をのせた　ちいさな帆船《はんせん》は、星《ほし》にみちびかれ　カイサリアを出航《しゅっこう》しました。

おなじころ　ヘロデ・アグリッパは　神《かみ》の怒《いか》りにふれ　カイサリアで　急死《きゅうし》しました。

三

朝《あさ》。

神《かみ》の使《つか》いが、金《かね》のラッパをふきならします。

雷鳴《らいめい》のごときファンファーレが　大気《たいき》を切《き》りさくと　空《そら》と海《うみ》に　さあっと　陽光《ようこう》がさしこみ　イスパニアへと向《む》かう　ひかりの道《みち》が　あらわれました。

波《なみ》が　かすかな鼓動《こどう》のように脈《みゃく》うち　錫《すず》いろにゆれます。

かもめ　みずなぎどり　あほうどり　たか　わしが　船《ふね》をみちびきます。

季節《きせつ》におうじて　渡《わた》りをする　ペリカン　フラミンゴ　つる　ばかりではありません。

つばめ　こうもり、あさぎまだら　という蝶《ちょう》までもが　いつのまにか　船をおおいまもりながら　翔《と》んでいます。

昼《ひる》。
紺碧《こんぺき》の海《うみ》に　偉大《いだい》な生《い》きものが　あつまります。
イルカとサメが　背《せ》びれで波をきり　うれしそうに　併走《へいそう》します。
クジラが　その巨体《きょたい》で歓迎《かんげい》のジャンプをし、みごとな水柱《みずばしら》が　天《てん》にむかい　虹《にじ》のアーチをかけました。
いわし　にしん　さば　など　魚《さかな》のむれが　船のまわりに　うずを巻《ま》き、海面《かいめん》が白銀《はくぎん》のうろこを反射《はんしゃ》する　ひかりの丘《おか》のようです。

夜《よる》。
月《つき》の　しっとりする光線《こうせん》が　海面《みなも》を照《て》らします。

神《かみ》の手《て》に　ふれられ　よろこんだ　夜行性《やこうせい》の生《い》きものが　わきたち　海《うみ》の底《そこ》から　うかびます。ひかりが　天《てん》から　上《うえ》から　さすものだと　だれが決《き》めたのでしょう。
深海《しんかい》から放射《ほうしゃ》される　オーロラのようなカーテンが　船をつつみました。
夜光虫《やこうちゅう》　名《な》もなきプランクトンや、いか　くらげが　ひかりの帯《おび》となり　そのうえを船が　すべるようにすすみました。
ながれ星《ぼし》にさそわれたホシゾラフグが　じまんのからだを　ぷっくり　ふくらませ波間《なみま》を　ほわほわ　ただよいます。
白《しろ》、紅《べに》、桃《もも》いろのサンゴが　海上《かいじょう》に　うでをのばし、海藻《かいそう》が　サンゴのかたちづくった　ひかりのトンネルにまとわりつき　ツタのからまる　針葉樹《しんようじゅ》のように　しげります。
天使《てんし》が　聖歌《せいか》をうたいながら　いろどりゆたかな貝《かい》、星がたのヒトデを、サンゴにかざり、黄《き》　赤《あか》　黒《くろ》　白などの　うみへび　うみうしが　木《き》によじのぼり　アーチをかけました。

あでやかなクリスマスツリーが　出現《しゅつげん》し、船は　宝石箱《ほうせきばこ》を　ぬけていくようです。

夜明《よあ》け。

ほたて貝《がい》が　海面いっぱいに　浮《う》かびあがり　二枚《にまい》の貝《かい》を　じょうずに立《た》て　ぱしゃ　ぱしゃ　あるくかのように　波乗《なみの》りをします。

ほたて貝は、ヤコブの象徴《シンボル》のひとつとなりました。

かには　あぶくをふきながら　はさみをふり　カスタネットのように　リズミカルな曲《きょく》を　かなでます。えびは　こしをおり曲《ま》げ　いきおいよく　ぴょこん　ぴょこん　のばしては、すてきなダンスを　ひろうします。

あたりに浮《う》かんでいる島《しま》じまの　波《なみ》うちぎわの砂《すな》までもが　歓喜《かんき》の海鳴《うみな》り　うつくしい潮騒《しおさい》のメロディを　つたえています。

あらゆる海《うみ》の生《い》きものが　はしゃぎ　生気《せいき》にみち、ヤコブと　船《ふね》を　祝福《しゅくふく》します。

これらの光景《こうけい》に　感動《かんどう》した弟子《でし》は、船《ふな》べりをわしづかみ　身《み》をのりだしました。七人《しちにん》にくわえ　ヤコブが獄中《ごくちゅう》で洗礼《せんれい》をさずけた　三人《さんにん》　あわせて船《ふね》に乗《の》りこんでいた一〇人《にん》は、

「エデンの園《その》が　海にも息《いき》づいている」

神秘《しんぴ》を知《し》りました。

四

三か月後《げつご》　七月《しちがつ》　船《ふね》は　イスパニア東岸《とうがん》に　たどりつきました。

そこには　野生《やせい》となった　凶暴《きょうぼう》な　黒牛《くろうし》がいました。

弟子《でし》が　ヤコブの不朽体《ふきゅうたい》を　運《はこ》ぼうとしていたところへ、おおきな黒牛《くろうし》が　やってきました。弟子《でし》のひとりが　十字《じゅうじ》をかき　祝福《しゅくふく》すると、おとなしく　くびをのばし、

くびきに身《み》をゆだね、ヤコブが望《のぞ》んだ地《ち》へむかって　荷車《にぐるま》を　引《ひ》きはじめました。

みちびきの星《ほし》に照《て》らされながら　天使《てんし》がうたいます。

おそれるな　神《かみ》は　われらと　ともに　いる
わたしは　東《ひがし》から　あなたの子孫《しそん》を　つれ帰《かえ》り
西《にし》にみちびき　あなたと子孫《しそん》とを　いつくしむ

聖《せい》なる　星《ほし》の使徒《しと》よ
わたしは　あなたを愛《あい》し　あなたの子《こ》を　愛《あい》する
雷《いかづち》の子《こ》よ
雷鳴《らいめい》のあと　天《てん》は　青《あお》く晴《は》れわたるではないか
星《ほし》の恵《めぐ》み　雷光《らいこう》の恵《めぐ》みのごとく

わが祝福《しゅくふく》はきざし　絶《た》えることはない

いまこそ　救《すく》い主《ぬし》の　降誕《こうたん》のとき
神の国《くに》は　天《てん》に　地《ち》に　そして海《うみ》に
創造《そうぞう》の翼《つばさ》を　はばたかせ
いのちを　永遠《えいえん》に　はぐくむ

一二月　約束《やくそく》の地に　つきました。
朝《あさ》には　凍《い》てつく北風《きたかぜ》　夕方《ゆうがた》には　みぞれまじりの海風《うみかぜ》が　西《にし》から吹《ふ》きよせます。不《ふ》思議《しぎ》なことに　ヤコブの不朽体《ふきゅうたい》のまわりは　ひかりに満《み》ち　ほんのり　暖《あたた》かいのです。
みちびきの星《ほし》が　大地《だいち》を　照《て》らします。ひかりが　しら魚《うお》のように　ふりそそぎ、飼《か》い葉槽《ばぶね》の柩《ひつぎ》は　そなえられた　石棺《せきかん》におさめられました。

救《すく》い主《ぬし》の降誕《こうたん》　クリスマスの日《ひ》。
一二人《にん》の弟子《でし》が　円形《えんけい》にならび　石棺のうえで、聖《せい》なるパンをさき　赤《あか》ぶどう酒《しゅ》をのむ　荘厳《そうごん》な機密《きみつ》が　執《と》りおこなわれました。
そのあと　夜空《よぞら》を　見《み》あげた　弟子《でし》が　星座《せいざ》の　ぎょしゃ座《ざ》を　ゆびさしました。星座は　羊飼《ひつじか》いが　子《こ》ひつじを抱《だ》いているように　みえました。
古参《こさん》の弟子《でし》が　いいました。
「ごらん、あの羊飼いは　われらの恩師《おんし》　ヤコブさまだ。抱かれている子ひつじは　わたしたちであり　イスパニアの民《たみ》だ」
「巡礼者《じゅんれいしゃ》が　おとずれ、星《ほし》ふる野原《のはら》で　祈《いの》る日《ひ》が　きます」
不思議《ふしぎ》なことに　ヤコブのお墓《はか》は　ひと目《め》をひくことなく　静謐《せいひつ》な寝《ねむ》りにつきました。
そこは　秘密《ひみつ》になり　忘《わす》れられ　いつしか　伝説《でんせつ》になりました。

それから　約《やく》七五〇年《ねん》　たちました。
寝《ね》ずの番《ばん》をしていた羊飼《ひつじか》い、あるいは　修道士《しゅうどうし》とも伝《つた》えられていますが、この地《ち》に墜《お》ちた流《なが》れ星《ぼし》を　目撃《もくげき》しました。
発見《はっけん》されたのが　みちびきの星《ほし》の照《て》らす　愛《あい》の使徒《しと》　ヤコブのお墓《はか》でした。
サンティアゴ・デ・コンポステーラ。
聖使徒《せいしと》ヤコブの安息《あんそく》の地《ち》　星降《ほしふ》る大地《だいち》　そう呼《よ》ばれています。

くつしたの贈《おく》りもの

一

木彫《きぼり》の美《うつく》しいケヤキのとびらを　ノックもせずに　ひらいた　若《わか》い神父《しんぷ》が、

「市長《しちょう》、こども養護院《ようごいん》の予算《よさん》をけずるとは　どういうことですか」

いきなり　きびしい口調《くちょう》で　話《はな》しかけました。

書類《しょるい》から目《め》をあげた市長《しちょう》は、かおをしかめ　相手《あいて》をにらみます。

「クリスマスのお祝《いわ》いが　できなくなります。もとどおりの予算《よさん》をおねがいします」

ああ　そのことか、と　うなずいた市長は、神父のうしろから　おずおず　様子《ようす》をうかがっている秘書《ひしょ》に　向《む》こうへ下《さ》がってよい　と合図《あいず》しました。

「最小限《さいしょうげん》の予算《よさん》が組《く》んである。クリスマスの　祝賀行事《しゅくがぎょうじ》をおこなうには　十分《じゅうぶん》なはずだが」

威厳《いげん》たっぷりの　重《おも》おもしい口調《くちょう》です。

「あれでは　お菓子《かし》をひとつ、子《こ》どもたちに配《くば》るだけしか　できません」

文書《ぶんしょ》の山《やま》を　市長が　ゆびさします。

「これが　わかるかね」

――

「陳情書《ちんじょうしょ》だ。ここ　リキア州《しゅう》ミラ市《し》周辺《しゅうへん》は　雨《あめ》が降《ふ》らず　冷夏《れいか》がつづき　たいへんな飢饉《ききん》に　見舞《みま》われている。わしの責務《せきむ》は　ひとりの餓死者《がししゃ》もださんことだ。ささやかでも　クリスマスのお祝《いわ》いができるのなら　それでよかろう」

けんもほろろの扱《あつか》いでした。市長《しちょう》が呼《よ》び鈴《りん》を鳴《な》らすと　警備員《けいびいん》が戸口《とぐち》に立《た》ちました。

「ニコラウス神父《しんぷ》さまのお帰《かえ》りだ。玄関《げんかん》まで　ご案内《あんない》しなさい」

二

四世紀前半《せいきぜんはん》、小《しょう》アジア半島中部《はんとうちゅうぶ》　東地中海《ひがしちちゅうかい》に面《めん》した港湾都市《こうわんとし》が　ミラ市《し》でした。

貿易《ぼうえき》、漁業《ぎょぎょう》、軍港《ぐんこう》もかねそなえた要衝《ようしょう》の地《ち》で　周辺《しゅうへん》には　農村《のうそん》もひろがる　豊《ゆた》かな町《まち》でした。

町には　多数《たすう》のキリスト教《きょう》の教会《きょうかい》があり、ニコラウス神父《しんぷ》の聖堂《せいどう》の右《みぎ》となりにはこども養護院《ようごいん》、左《ひだり》となりには　貴族《きぞく》の末裔《まつえい》と伝《つた》えられている　古《ふる》めかしい石造《いしづく》りの家《いえ》がありました。

ニコラウス神父は、行動《こうどう》の人《ひと》として知《し》られていました。困《こま》っている人、まずしい人、助《たす》けをまつ人を知ってしまうと　こころと同時《どうじ》に行動に走《はし》ってしまうところがありました。

さきほどの　市長《しちょう》に返《かえ》された答《こた》え、飢饉《ききん》への対応《たいおう》、ひとりの餓死者《がししゃ》もだしたくない、という返事《へんじ》に　神父は　深《ふか》く　感《かん》じいりました。

司祭館《しさいかん》のまえで　黙考《もっこう》していた神父に、にこやかに話《はな》しかけてきたのは、教会の左となりのひとでした。周辺《しゅうへん》のひとは、没落貴族《ぼつらくきぞく》の子孫《しそん》、おぼっちゃまでお人好《ひとよ》しのため連帯保証人《れんたいほしょうにん》になって　しなくてもよい借金《しゃっきん》をかかえてしまったダメ人間《にんげん》だと　かげ口《ぐち》をたたいていました。

「神父さま、祝福《しゅくふく》を」

「よいことでもありましたか、うれしそうですね」

先年《せんねん》 病気《びょうき》で妻《つま》を亡《な》くし 年《とし》ごろの娘《むすめ》 三人《にん》を育《そだ》てている 生活《せいかつ》につかれた中年男《ちゅうねんだん》性《せい》が ほがらかに 目《め》を輝《かがや》かせています。

「経理《けいり》の仕事《しごと》を 紹介《しょうかい》されたんです。このたびの飢饉で 市長《しちょう》さまが政治力《せいじりょく》を発揮《はっき》し 小麦《こむぎ》、大麦《おおむぎ》、豆類《まめるい》を 大量《たいりょう》につんだ船《ふね》が入港《にゅうこう》します。その貿易会社《ぼうえきがいしゃ》の経理を まかされることになったんです」

「それは だいじな仕事ですね」

神父もいっしょに よろこびました。

「これで 苦労《くろう》をかけた長女《ちょうじょ》を 嫁《よめ》にだしてやることができます」

男《おとこ》は 目《め》を潤《うる》ませています。粗末《そまつ》ではありますが 洗濯《せんたく》し アイロンをかけ せいいっぱいのおしゃれをしています。娘たちが なけなしのお金《かね》を工面《くめん》して 贈《おく》ってくれ

た　青《ブルーマーブル》いろの絹《きぬ》のマントをなでた男は、「これから　初仕事《はつしごと》です」　そういい、石畳《いしだたみ》の道《みち》をくだっていきました。

　ところが、三日後《みっかご》、出社前《しゅっしゃまえ》　その男が　警官《けいかん》に逮捕《たいほ》されました。娘たちの　抗議《こうぎ》の声《こえ》と　悲鳴《ひめい》をきいた神父は、司祭館から飛《と》びだしました。

「なぜ　逮捕するのですか」

　ロープで男を　うしろ手《で》にしばりながら　警官たちは、逮捕令状《れいじょう》を　神父にみせました。

「神父さま、この男は　船の積荷《つみに》、大麦、小麦、豆類を横流《よこなが》しし　そのもうけ　莫大《ばくだい》な利益《りえき》を　着服《ちゃくふく》していたのです。飢饉に苦《くる》しんでいるひとが　たくさんいるのに　ゆるせません」

　まわりのヤジウマが　いっせいに　男に　非難《ひなん》の怒号《どごう》をぶつけました。男は　必死《ひっし》になって　反論《はんろん》します。

「そんなことは　していない、まちがいだ」
神父の手《て》をにぎり　男が　けん命《めい》に訴《うった》えます。
「わたしは無実《むじつ》です。信《しん》じてください」
「話《はなし》は　署《しょ》で　じっくりきこう」
しばられた男が　連行《れんこう》されていきます。
「さあ、家《や》さがしだ。あいつは　もうけた金を　この家《いえ》のどこかに　かくしているにちがいない」
警官たちは　荒《あら》あらしく　屋敷《やしき》に　踏《ふ》みこみました。
泣《な》いている娘たちを　神父は、司祭館へともない　やさしく　なぐさめました。
三時間《じかん》ほどして　警官たちは　得《う》るところなく　手ぶらで帰っていきました。
娘たちとともに　屋敷《やしき》にもどった神父は　引《ひ》きだしや棚《たな》から　めちゃくちゃに　ひっぱりだされた　衣服《いふく》、割《わ》れた陶器《とうき》などを　みました。

長女《ちょうじょ》は　うつろな目《め》をして　純白《じゅんぱく》の花嫁衣裳《はなよめいしょう》を手にしています。花嫁衣裳は　警官に踏《ふ》まれて　黒《くろ》ずみ、裂《さ》けていました。婚約者《こんやくしゃ》の若者《わかもの》が　そこへ飛《と》びこんできました。長女は　若者の胸《むね》に　すがりつき　号泣《ごうきゅう》しました。

すすり泣《な》きになったころ、神父が　いいました。

「おとうさんは　無実《むじつ》です。わたしは　信《しん》じます」

若者をみつめた神父が　問《と》いかけます。

「あなたは　この女性《ひと》と結婚《けっこん》する意志《いし》がありますか」

「はい」

「神《かみ》は　生《い》きておられます。このような悪事《あくじ》が　まかりとおってよいはずがありません。正義《せいぎ》、正直《せいちょく》の神を　信じましょう」

神父は　毅然《きぜん》として　若者そして娘たちにうなずきました。

神父は　警察署《けいさつしょ》に行《い》きましたが、面会《めんかい》させてもらえません。

ねばりましたが、「尋問中《じんもんちゅう》」、そのひと言《こと》のみで「帰《かえ》れ」と門前《もんぜん》ばらいです。

すぐさま足《あし》を　港《みなと》へ向《む》けました。警官が、船《ふね》や会社《かいしゃ》の事務所《じむしょ》を　捜索《そうさく》したあとのため、殺伐《さつばつ》とした雰囲気《ふんいき》が　ただよっています。

「あの男のせいで、ひどいもんです」

荷下《にお》ろし、帳簿《ちょうぼ》づけ、配送《はいそう》を手伝《てつだ》っていた中年男性《ちゅうねんだんせい》が　ぽろり　こぼします。

「でも　不思議《ふしぎ》です。どうやって　横領《おうりょう》したんですかね」

「だれが　告発《こくはつ》したんですか」

「それがね」

男性は　声《こえ》をひそめ　いいました。

「おどろくじゃありませんか。市長なんです。首都《しゅと》コンスタンティノープルの農林水産《のうりんすいさん》大臣《だいじん》に働《はたら》きかけ、大量《たいりょう》の食糧《しょくりょう》を要請《ようせい》したのが市長、あの没落貴族《ぼつらくきぞく》の末裔《まつえい》を　ここの経《けい》理《り》に紹介《しょうかい》したのも市長、不正《ふせい》を告発《こくはつ》したのも　市長なんです」

――

「あの船の責任者《せきにんしゃ》は　どこですか」

「ああ　社長《しゃちょう》ね。むこうに、ほら　船のまえ」

灰色《はいいろ》の髪《かみ》を逆《さか》だてた　憤懣《ふんまん》やるかたない社長が、神父の申《もう》し出《で》におどろきました。

「社長、被害《ひがい》があるのでしたら、その全額《ぜんがく》を補償《ほしょう》します。さらに　のこった食糧を　わたしに　一任《いちにん》していただけませんか」

これ以上《いじょう》ないほど　目をおおきく　見《み》ひらいた社長が　絶句《ぜっく》しました。

「わたしには　先祖代々、親がのこしてくれた財産があります」

ほら、ここにも少し、いいながら　ニコラウスは、金貨《きんか》と銀貨《ぎんか》のつまった革袋《かわぶくろ》をふところから　とりだしました。両手《りょうて》のひらいっぱいのコインをみた社長は、神父のことばに　さらに　おどろきました。

「のこりの積荷《つみに》を　わたしが　買《か》いとります。市長に　そうお伝《つた》えください」

「神父さま、どうなさるのですか」

神父は　にっこりしました。

「みんなに　わけます」

「みんなに……」

「飢饉《ききん》に苦《くる》しんでいるひと、みんなです」

神父は、ミラ市《し》の中心街《ちゅうしんがい》、大《おお》きな広場《ひろば》に　大麦、小麦、豆類を　山《やま》もりにのせた馬《ば》車《しゃ》を連《つら》ねました。それから　食糧をはかる　計量《けいりょう》マスをならべ　祈《いの》り、聖水《せいすい》をかけました。

「神《かみ》の名《な》によりて　聖《せい》にせられしこの水《みず》を　これら　穀物《こくもつ》に注《そそ》がん。われらのために天上《てんじょう》の宝蔵《たからぐら》をひらき、われらに罪《つみ》の赦《ゆる》しを　衆民《しゅうみん》に豊《ゆた》かなる恩恵《おんけい》をつかわし　なんじの永福《えいふく》を　衆人《しゅうじん》に得《え》せしめたまえ、父《ちち》と子《こ》と聖神《せいしん》（聖霊《せいれい》）の御名《みな》によりてなり、今《いま》もいつも世々《よよ》に　アミン」

船のりを祝福《しゅくふく》し、計量マスを手わたした神父は、なにごとが起《お》きたのかと　集《あつ》まっ

てきた　物見《ものみ》だかい群衆《ぐんしゅう》に、大音声《だいおんじょう》で　語《かた》りかけました。

「神は　生きておられます。ほんとうに飢饉で苦しんでいるひとは　ここへおいでなさい。ひとマスずつ　麦や豆を　わけましょう。これら食糧のことで　無実のひとが　獄《ごく》につながれています。主《しゅ》なる神　そして　わたしは、その無実を知《し》っています。それゆえ　神は　いまここに　奇蹟《きせき》をあらわします」

しわぶきひとつなく　広場が　静《しず》かになりました。ほほ笑《え》んでいる神父の　気魄《きはく》と威《い》厳《げん》が　あたりを神秘的《しんぴてき》な空気《くうき》に満《み》たします。ひとり、またひとり　あまりにも高価《こうか》になってしまった穀物を買《か》えず　生活《せいかつ》に苦しんでいる人が　ひと混《ご》みから　しぼりだされるように　やってきます。神父は　泣《な》き笑《わら》いしているひと、一人《ひとり》ひとりを笑顔《えがお》で　祝福しました。

三

陽《ひ》が落《お》ち、夜《よる》の闇《やみ》が　しのびよってきました。

婚約者《こんやくしゃ》の若者《わかもの》が　司祭館《しさいかん》のまえで　神父《しんぷ》を待《ま》っていました。

「家《いえ》のなかは　かたずきましたか」

「はい……わたしたちは　かならず　結婚《けっこん》します。神父さま　わたしは　おとうさんの潔白《けっぱく》を　信《しん》じています」

「わたしが　結婚式《けっこんしき》を執《と》りおこないましょう」

神父が　断言《だんげん》しました。

「わたしの名を　ださないでください。あの破《やぶ》けて　使《つか》い物《もの》にならなくなった花嫁衣裳《はなよめいしょう》、結婚式の費用《ひよう》もすべて　わたしが　用立《ようだ》てます。ご安心《あんしん》なさい」

そういって神父は、毛糸《けいと》で編《あ》んだ女性用《じょせいよう》のくつしたいっぱいの　コインをしめしました。

「あなたから……　おわたしなさい」
若者は　小首《こくび》をかしげました。なぜ　くつしたなのか、と。
察《さっ》した神父が　もう片方《かたほう》のくつしたをとりだしました。
「お金《かね》がないと女性《じょせい》は　手《て》、足《あし》の手入《てい》れが　滞《とどこお》るものです。娘《むすめ》さんのくつしたは　ぼろぼろ、くつも穴《あな》があき　ほころんでいて　かわいそうでした。これからの寒《さむ》い冬《ふゆ》、あなたの愛情《あいじょう》で　娘さんの手と足を温《あたた》めてあげてください」
若者は　くつしたを胸《むね》にあて　涙《なみだ》しました。

広場での穀類の配布《はいふ》が、ふつか　三日《みっか》と　つづきました。
不思議《ふしぎ》なことに　朝《あさ》になると、船倉《ふなぐら》と倉庫《そうこ》の穀物が　もとどおりの量《りょう》にもどっていました。
仰天《ぎょうてん》した社長は、ひとをやとい　ひと晩中《ばんじゅう》　船と倉庫を見《み》はらせました。
朝になると　もとにもどる　不思議な穀物の話《はなし》を　きいた市長は、ほおっておけません。早暁《そうぎょう》、馬車《ばしゃ》をしたて　港《みなと》にむかいました。
夜明《よあ》け　天《てん》から声《こえ》が降《ふ》りそそぎ、雲間《くもま》から琥珀色《こはくいろ》の光《ひかり》のカーテンが　船と倉庫をつつみます。手のひらになでられたような　コバルトブルーの海《うみ》が　ゆるやかに　ないでいます。

いと高《たか》きには　光栄《こうえい》　神《かみ》に帰《き》し
地《ち》には平安《へいあん》　くだり
ひとに　恵《めぐ》みは臨《のぞ》めり。
主《しゅ》　天《てん》の王《おう》　神父《かみちち》　全能者《ぜんのうしゃ》よ、
なんじは　われらの神　生命《いのち》の源《みなもと》は
なんじにあればなり　なんじの光《ひかり》において
光を観《み》ん。憐《あわ》れみを　なんじを
知《し》る者《もの》に　つねに　垂《た》れたまえ。

市長は　天使《てんし》の歌《うた》をきき　腰《こし》をぬかしました。いあわせ　神秘《しんぴ》の歌声《うたごえ》をきいた船《ふな》のりたちは、市長《しちょう》とともに　地《ち》にひれ伏《ふ》しました。この綺譚《きたん》は、ミラ市一円《しいちえん》にあっというまに　ひろまりました。

ニコラウス神父が配給《はいきゅう》している穀物《こくもつ》を　神に感謝《かんしゃ》せずに食《た》べたものには　天罰《てんばつ》があたる　そういう話まで　つたわりました。

ニコラウスは、市長のところへ行《い》きました。

「これは神に祝福された食べものです。おめしあがりください」

調理《ちょうり》された穀物に　ドライフルーツがかざられ、甘《あま》いハチミツがかけられています。おびえた市長は　食べることができません。食べたら天罰があたり、へたをすると死《し》ぬのではないか　そう思《おも》ったからです。

「神父さま、神は　おゆるしくださいますでしょうか」

神父は　市長を　聖堂《せいどう》へ　さそいました。

聖堂の中央《ちゅうおう》で　市長は、ひざからくずれおちました。

「神よ、おゆるしください。穀物を横領《おうりょう》したのも　あの貴族《きぞく》の末裔《まつえい》に　罪《つみ》をなすりつけたのも　すべて　わたしとわたしの部下《ぶか》のしたことです」

市長は　悔《く》い改《あらた》めました。

職《しょく》を辞《じ》し、横領した穀物と　もうけた利益《りえき》を弁済《べんさい》しました。

市《し》の予算《よさん》を虫食《むしく》いのように　食《く》いあらし　着服《ちゃくふく》していたお金《かね》も　弁償《べんしょう》しました。こども養護院《ようごいん》のクリスマス会《かい》も　例年《れいねん》どおり　おこなえることになりました。

ニコラウス神父のとなりの家《いえ》の男性《だんせい》にも　謝罪《しゃざい》しました。男性は　無罪《むざい》となり　釈《しゃく》放《ほう》されました。

長女は　無事《ぶじ》　結婚式を　あげることができました。

四

父親《ちちおや》は　乱暴《らんぼう》な　とりしらべと　きびしい尋問《じんもん》　拘留《こうりゅう》のため　心身《しんしん》を病《や》み　ねこんでしまいました。

人柄《ひとがら》をみこまれ　すてきな男性《だんせい》と結婚《けっこん》することになった　次女《じじょ》は、花嫁道具《はなよめどうぐ》を　準《じゅん》備《び》するお金《かね》が　ありません。

ある晩《ばん》のこと、毛糸《けいと》のくつしたにいれたコインが　玄関《げんかん》さきに　おかれていました。そばの白《しろ》い貝《かい》には「こまったときは　おたがいさま」と　かかれていました。次女も安心《あんしん》して　結婚することができました。

おとうさんを　介護《かいご》しながら　自宅《じたく》にいられるよう　宝飾《ほうしょく》デザイナーになりたいとねがった三女《さんじょ》は　手先《てさき》が器用《きよう》なうえ　美的《びてき》センスに恵《めぐ》まれていました。

でも　いろいろな工具《こうぐ》などを　準備《じゅんび》する資金《しきん》が　ありません。

ところが　明け方、となりの家の玄関先に　コインのはいった　くつしたがおかれていました。そばの　白い貝がらには「あなたの志《こころざし》は　宝石《ほうせき》よりも貴《とうと》い」と　かかれていました。

こまっているひと、まずしいひと、明日《あす》への希望《きぼう》をもちながら　いろいろな事情《じじょう》で涙《なみだ》しているひとに　くつしたの贈《おく》りものが　とどけられました。こども、わかもの、熟年《じゅくねん》、おとしより　みんなに、白い貝の　こころあたたまるメッセージと　ともに。

さあ、主《しゅ》の降誕祭《こうたんさい》、祝賀《しゅくが》の日《ひ》が　きました。聖堂《せいどう》での祈《いの》りがおわり、こども養護院《ようごいん》の庭《にわ》に　お料理《りょうり》のならんだテーブルが　ならびます。色《いろ》とりどりのテープやリボン、ランプが　光《ひかり》かがやき、乳香《にゅうこう》の　やわらかなバラのかおりが　ただよいます。

園庭《えんてい》に生《は》えている　大《おお》きなイチジクの木《き》には、毛糸《けいと》で編《あ》まれた　青《あお》いクモが　ぶらさがり、白い糸《いと》が　クモの巣《す》のように　かかっています。イチジクの木の根《ね》もとには、プレゼントのはいった　くつしたがならべられ、よこの白い貝に「ありがとう」と　かかれています。
木のまわりで　こどもたちが　聖《せい》なる降誕劇《こうたんげき》を演《えん》じるなか、近所《きんじょ》のひとが　ぞくぞくとやってきます。こどもたちが　歓声《かんせい》をあげ　あそびます。
貴族《きぞく》の末裔《まつえい》も　娘《むすめ》たちの家族《かぞく》といっしょに　にこにこしています。
元市長《もとしちょう》と　その仲間《なかま》が　おそるおそる　やってきました。クリスマスのお菓子《かし》をこどもたちへ　贈るために。
貿易商《ぼうえきしょう》の社長《しゃちょう》と社員《しゃいん》、船《ふな》のりたちもやってきて　船《ふな》のりの歌《うた》と　珍妙《ちんみょう》なダンスを披《ひ》露《ろう》しました。みんな　大爆笑《だいばくしょう》です。
まっ赤《か》な服《ふく》を身《み》につけ、赤《あか》いマフラーをまいているろばの　荷馬車《にばしゃ》にのった　ニコラウス神父《しんぷ》が　やってきました。

おおきな袋をかかえた神父が　プレゼントをくばります。
女性《じょせい》たちが　アーモンドやナッツ、ドライフルーツの　たっぷりはいったお菓子や
クッキーを、みんなに　ふるまいました。
歓喜《かんき》にふるえた神父《しんぷ》が　喜《よろこ》びをこめ　高《たか》らかに　歌《うた》います。
「キリスト　生《う》まる」
みんな　こたえます。
「あがめ　ほめよ」
そこへ　赤《あか》くて　細《ほそ》ながーい　くつしたが　もちこまれました。みんなで　ひと目《め》ひ
と目　編《あ》んだくつしたです。
こどもが　みこしでも　かつぐように　たちならび、
「神父さま、いつも　ありがとう」
おおきな声《こえ》で　歌《うた》うように　いいます。
照《て》れくさそうに　うけとった神父のくびには　もうひとつ　赤いくつしたが　まかれ

マフラーになりました。

神父の　うけとったくつしたには　樫《かし》のつえが　はいっていました。つえの頭《あたま》のところには、となりの家《いえ》の三女《さんじょ》、宝飾《ほうしょく》デザイナーが磨《みが》きだした　朝陽《あさひ》のような　赤いルビーが　かがやいています。感謝《かんしゃ》する市民《しみん》が　すこしずつお金《かね》をあつめてこしらえた　おしゃれな　善意《ぜんい》のつえです。

月日《つきひ》がたち、主教《しゅきょう》（司教《しきょう》）に叙聖《じょせい》されるとき、ニコラウスは　そのつえをもち、聖堂《せいどう》に　入堂《にゅうどう》しました。祝賀会場《しゅくがかいじょう》の、新しい主教のすわる　イスのうしろのかべに、まっ赤な　細ながーい　くつしたが　ふたつは　Xに、もうひとつは　まんなか　たて長《なが》にPのかたちに　かざられていました。

恋人《こいびと》たちの夜明《よあ》け

ローマ軍《ぐん》の砦《とりで》の守備隊長《しゅびたいちょう》オギニクスは、およそ三〇〇メートル先《さき》の　森《もり》を　目《め》をこらして　みていました。

森《もり》の向《む》こうでは　春《はる》のはじまりを告《つ》げる　灰褐色《はいかっしょく》の　雪《ゆき》どけ水《みず》をまんまんとたたえた　ドナウ川《がわ》が、いきおいよく流《なが》れています。

ただよう　乳白色《にゅうはくしょく》の　朝《あさ》もやが、木々《きぎ》のこずえから　ひろやかに　あふれています。

「くる」

戦《たたか》いには　においがある、隊長は　思《おも》いました。

防壁《ぼうへき》のうらにひそみ、弩《ど》をかまえる射手《しゃしゅ》に　落《お》ちついた口調《くちょう》で「まて」と　隊長がいいました。

「オー！」

咆吼《ほうこう》するケモノのように　森が　どよめきました。

手《て》に手に、こん棒《ぼう》、オノ、ヤリ、刃《は》のぶ厚《あつ》い剣《けん》、弓矢《ゆみや》、革製《かわせい》の投石器《とうせきき》などをもち、金《かな》具《ぐ》のむねあて、うであて、すねあてをつけ、毛皮《けがわ》をまとったヒゲづら、髪《かみ》の毛《け》をうしろにむすんだ　ゴート族《ぞく》の兵士《へいし》が、おたけびをあげ、突撃《とつげき》してきます。

敵《てき》の目《め》のいろの　はっきりわかる　ギリギリの距離《きょり》まで、隊長は、弩の放発《ほうはつ》を待《ま》たせました。

隊長が　右手《みぎて》をふり下《お》ろすと、雨《あめ》のように　矢《や》が降《ふ》りそそぎ、叛乱兵《はんらんへい》が　ばたばた倒《たお》れます。

「ときの声《こえ》をあげろ、ラッパ手《しゅ》、戰闘《せんとう》ラッパを　吹《ふ》きならせ」

守備隊が、おとろえぬ意志《いし》をしめす　ときの声をあげたとき、一瞬《いっしゅん》、叛乱兵が　たじろぎました。

しかしあとから　あとから　森ごと　うごくように　荒《あら》ぶる兵士《へいし》らが奔騰《ほんとう》し、前線《ぜんせん》の叛乱兵も　それに圧《お》され　砦の防壁にとりつきました。

一

砦《とりで》のなかに　野戦病院《やせんびょういん》がありました。
石造《いしづく》りのひろい食堂《しょくどう》の床《ゆか》に　あつい天幕《てんまく》や毛布《もうふ》が　ひろげられています。
矢《や》に射《い》ぬかれたもの、こん棒《ぼう》でひたいをわられたもの、ヤリで胸《むね》をつかれたものなど、ぞくぞくと　運《はこ》びこまれてきます。
軍医《ぐんい》は、負傷兵《ふしょうへい》を　鋭《するど》い目《め》で　さっと観察《かんさつ》し、看護士《かんごし》に命《めい》じて、適切《てきせつ》な療治《りょうじ》をしていきます。
ときには　くびをよこにふり、その患者《かんじゃ》をあとに　まわすこともありました。
傷《きず》がふかすぎて　助《たす》からなかったり、からだが　温《あたた》かいのに、絶命《ぜつめい》している兵士《へいし》もいたからです。
「止血《しけつ》して、傷口《きずぐち》をぬった。ニコル、こっちへきて　包帯《ほうたい》をまいてくれ」

疲《つか》れもみせず、娘《むすめ》が　元気《げんき》にこたえます。

「はい、先生《せんせい》」

そのとき、いつも隊長《たいちょう》のそばにいる　副官《ふくかん》がきました。血《ち》まみれです。

「先生、もうささえられません。うごけるものをつれて　西門《にしもん》から　脱出《だっしゅつ》してくださ
い」

軍医の　手がとまります。

「うごけるもの　と　いったって」

副官は、

「わたしが先導《せんどう》します。いますぐ、西門へ　いくのです」

といい、きびしい声音《こわね》で、

「うごけないものは、そのままおいていきます」

顔面蒼白《がんめんそうはく》となった軍医は、ためらいながら「いかない」といいました。

「わたしは　のこる。かれらを　おきざりにできない」

「隊長は　のこった兵《へい》をあつめ、東門《ひがしもん》をひらき、突撃《とつげき》します。敵《てき》をひきつけ　そのあいだに　みなを逃《に》がすつもりです」

軍医の説得《せっとく》をあきらめた副官は、そばの兵士《へいし》に　命《めい》じました。

「手《て》はずどおりにする。これは　隊長命令《たいちょうめいれい》だ」

砦の広場《ひろば》の中央《ちゅうおう》の熾火《おきび》に、まるまったこぶし大《だい》の　薬剤《やくざい》が投《な》げこまれ　青《あお》い煙《けむり》がたち昇《のぼ》ります。

退却《たいきゃく》の狼煙《のろし》です。

軍医を　ちらっとみた副官は、舌《した》うちし　去《さ》ってゆきました。

亜麻色《あまいろ》のぽわぽわした髪《かみ》、鳶色《とびいろ》のつぶらな瞳《ひとみ》のニコルが　心配《しんぱい》そうに　軍医をみました。

「こわい、死《し》ぬのはこわい。でも、負傷兵を　みすてたりできない」

軍医は　ひきつった笑《え》みを　うかべました。

「逃《に》げなさい、ニコル」

ふるえている軍医の手《て》を　にぎりしめた娘が、

「ラウレンティウス先生、どっちが怖《こわ》がりか　ためしませんか」

ほっこり　わらいました。

ちろっと舌《した》さきをつきだし　いたずらっ子《こ》のようです。

つられて　軍医も　にが笑《わら》いをしました。

「……さあ　仕事《しごと》に集中《しゅうちゅう》しよう、あの兵士の傷《きず》の手あてだ」

「それでこそ、敬愛《けいあい》する先生」

つぶやいたニコルは、ふるえる指《ゆび》のみだれを　けん命《めい》におさえこもうとしている軍医を　手つだいました。

「いっときでも　みなの逃《に》げる時間《じかん》をかせごう」

隊長《たいちょう》は、投石機《とうせきき》と　連発式《れんぱつしき》の強弩《きょうど》を発射《はっしゃ》し　敵兵《てきへい》の勢《いきお》いをそぎました。

「門《もん》を　あけよ。ときの声《こえ》をあげ、突撃《とつげき》ラッパを　ならせ」

くさびがた隊形《たいけい》をくんだ兵士《へいし》の一団《いちだん》が　徒歩《とほ》で　キリのように　突進《とっしん》します。
ところが敵兵は、ひるむどころか　数《かず》でおしてきます。

森《もり》の奥《おく》で　ひときわ　おおきな喊声《かんせい》があがりました。
「敵《てき》の増援《ぞうえん》……万事休《ばんじきゅう》す、か」
隊長が　天《てん》をあおいだとき、見張《みは》り台《だい》の旗手《きしゅ》が　隊旗《たいき》をふりながら　おおきな声でさけびました。
「味方《みかた》です、応援《おうえん》がきました」
はさみ打《う》ちになった敵軍《てきぐん》が　算《さん》を乱《みだ》し　四分五裂《しぶごれつ》になりました。
隊長が　吼《ほ》えました。
「わしに　ついてこい、ドナウ川を　わたらせるな」
見張り台から　かけおりてきた旗手と隊長を先頭《せんとう》に　すっかり人数《にんずう》の減《へ》った砦のローマ兵が、反乱軍《はんらんぐん》の追討《ついとう》をはじめました。

東からの喊声《かんせい》を耳《みみ》にした軍医は、覚悟《かくご》をきめ　口《くち》をひきむすびました。
そこへ　負傷兵をはこんできた兵士が、うれしそうに告《つ》げました。
「味方がきた、たすかったぞ」
敵が逃げていく、そういう声も　広場からきこえてきました。
目をうるませた軍医が　恥《は》ずかしそうに　娘をみました。
ニコルは　くすっと笑い　うなずきました。

二

ローマ皇帝《こうてい》クラウディウス・ゴティクスの治世《ちせい》。
ユリウス・カエサル（ジュリアス・シーザー）の頃《ころ》から約《やく》三〇〇年《ねん》たったころ、ローマの北《きた》の防衛線《ぼうえいせん》であったドナウ川《がわ》を越《こ》えて、ゴート族《ぞく》が侵入《しんにゅう》してきました。

二六八年、帝位《ていい》についてまもないクラウディウスは、みずから軍《ぐん》を率《ひき》い、防衛線を死《し》守《しゅ》している砦《とりで》の救助戦《きゅうじょせん》にのぞみ、撃退《げきたい》することに　みごと成功《せいこう》しました。
そのため、ゴート族を退《しりぞ》けたもの　という意味《いみ》で、ゴティクスという尊称《そんしょう》をえました。すくわれた砦のひとつに、軍医《ぐんい》ラウレンティウスが　働《はたら》いていました。

夕闇《ゆうやみ》がせまり、星《ほし》がきれいにみえはじめているのに　驟雨《しゅうう》があたりを濡《ぬ》らしました。
天《てん》が戦死者《せんししゃ》をなぐさめている、と　戦歴《せんれき》のながい兵士《へいし》が語《かた》ったことを思《おも》いだした　軍医は、負傷兵《ふしょうへい》の手《て》あてを一段落《いちだんらく》させ、みんなで　おそい夕食《ゆうしょく》をとりました。
だれもが疲《つか》れた表情《ひょうじょう》でしたが、皇帝麾下《こうていきか》の精鋭《せいえい》が、砦の守備隊《しゅびたい》とともに反乱軍《はんらんぐん》の掃《そう》討戦《とうせん》をおこなっている安心感《あんしんかん》から　笑《え》がおが　こぼれます。
軍医は　村《むら》の娘《むすめ》　ニコルが　見《み》あたらないことに　気《き》づきました。
ときどき　ふっと　娘は　すがたを消《け》すのです。
軍医は　娘をさがしに　砦をでました。

森《もり》の小道《こみち》をぬけていくと　ちいさな集落《しゅうらく》がありました。

ゴート族の暴力《ぼうりょく》と掠奪《りゃくだつ》をおそれた村《むら》びとは、西《にし》の森の奥《おく》ふかくに　避難《ひなん》し　かくれていました。

軍医が目《め》にしたのは、灯《あか》りひとつない　無人《むじん》の　集落です。

星《ほし》あかりに照《て》らされた小道を　さらに　たどりました。

なんとなくニコルが　そっちにいるような　気《き》がしたのです。

夜風《よかぜ》が　春《はる》のみどりのかおりをのせて　ながれていきます。

トウヒの群落をぬけた、すこしひらけたところに　石づくりの建物がありました。

はいりきれない村びとが、赤《あか》みがかった石《いし》と　レンガの建物《たてもの》のまわりを　ぐるっとかこんでいます。

かがり火《び》の、ゆらめく光《ひかり》が　おだやかに祈《いの》る人《ひと》びとを　浮《う》きあがらせています。

「主《しゅ》あわれめよ」

だれかが祈ると　とりかこんだ数十人《すうじゅうにん》の　かけあいの輪唱《りんしょう》が　こたえます。

「アミン」
心《ここ》ちよく　暖《あたた》かな調《しら》べのほうをみると、娘《むすめ》が　ふりかえりました。
目《め》が　合《あ》いました。
うれしそうに　かおを輝《かがや》かせた娘は　ウインクし　軍医を　よびよせました。
娘のかたわらに立《た》った軍医は　そこが　ちいさな聖堂《せいどう》であることを知《し》りました。
かれらは　クリスチャン、キリスト教徒《きょうと》だったのです。

三

夜道《よみち》になれない軍医《ぐんい》は、森《もり》の小道《こみち》の　でこぼこに足《あし》をとられ、そのつど　よろめき
ころびそうになります。
娘《むすめ》が　軍医の手《て》をとりました。
ひび　赤《あか》ぎれの痛《いた》いたしい　荒《あ》れた　その手は、働《はたら》きものの　なんとも愛《いと》おしい手で

した。
なぜか　軍医は、胸《むね》がときめき　甘《あま》ずっぱい　不思議《ふしぎ》な感情《かんじょう》がこみあげてきました。
さっと　展望《てんぼう》が　ひらけました。
おびただしい数《かず》の星《ほし》がきらめき、小高《こだか》い丘《おか》のうえから　ドナウ川《がわ》へとそそぎこむ支流《しりゅう》のほそい川《かわ》が　しろい月《つき》の光《ひかり》に　輝《かがや》いています。
銀色《ぎんいろ》のうろこのような川面《かわも》が　うねりながら　きれいな曲線《きょくせん》をえがき、小川《おがわ》から駈《か》けあがってくる春《はる》の夜風《よかぜ》が　ふたりをしっとり　つつみます。
薄墨《うすずみ》をながしたかのような　川《かわ》と緑《みどり》　丘陵《きゅうりょう》の織《お》りなす　雄大《ゆうだい》な景色《けしき》に　みとれたふたりは　しずかにすわりました。
ラウレンティウスは、おおきな濃緑色《のうりょくしょく》のマントをひろげ　娘をそっと　くるみました。
肩《かた》をよせあうふたりが　おたがいのぬくもりを感《かん》じています。
冷《つめ》たいほほが　ゆっくり　あたたまってゆきます。

突然《とつぜん》、軍医が　ほほをはなすと、
「モミの木《き》とマツの木が　どうちがうのか」
説明《せつめい》をはじめました。
緊張《きんちょう》に　たえられなかったからです。
そおっと右手《みぎて》をのばすと　軍医のくちびるに指《ゆび》をあて、娘は　沈黙《ちんもく》をうながしました。
ひとしずく　ふたしずく　娘の眸《ひとみ》から　涙《なみだ》がこぼれ落《お》ちます。
月《つき》と星《ほし》のひかりに照《て》らされ　うす桃色《ももいろ》のほおにうかんだ涙は　ブルーオパールのようです。
あまりにも初々《ういうい》しい　うれしそうなほほ笑《え》みに　軍医は、おどろきました。
「どうしたの……さみしいのかい……」
「……神《かみ》さまに　感謝《かんしゃ》していたの」
娘のしずかな答《こた》えに　軍医は　さらにおどろきました。
「はじめて、せんせいと　ふたりっきりになれた。いつか　こういうときがこないかと祈っていた」

潤《うる》んだ眸《め》をむけられたラウレンティウスは、ほそくてながい　鳶色《とびいろ》のまつげがわなないているのを見《み》て　切《せつ》なくなり　娘の肩《かた》をだく手《て》に　ちからをこめました。

「夢《ゆめ》でもいいから、おねがいって　神さまに祈った……」

ことばをつなげなくなった娘が　天《てん》をあおぎ　声《こえ》にならない声で　ささやきました。

「神さま　ありがとうございます」

すりよせたほほを、娘の涙に濡《ぬ》れるにまかせた軍医は、胸《むね》を熱《あつ》くし　おなじように天を見《み》あげました。

三か日後《ご》、復活大祭《ふっかつたいさい》、ラウレンティウスは　ニコルにみちびかれ　森《もり》の聖堂《せいどう》にいました。

手に手に　ロウソクやランプの燈火《とうか》をともし　聖歌《せいか》をうたいながら　みんな　あつまってきます。

キリスト　救世主《きゅうせいしゅ》よ、
神《かみ》の使《つか》いら　天《てん》においてなんじの復活《ふっかつ》を　あがめ歌《うた》う
われらにも　地《ち》において
いさぎよき心《こころ》をもって
なんじを　ほめ歌《うた》わしめたまえ

聖堂のまえに立《た》った白《しろ》いひげの老司祭《ろうしさい》が　金色《きんいろ》の十字架《じゅうじか》をかかげ　香炉《こうろ》をふりながら　衆人《しゅうじん》を　祝福《しゅくふく》し、ひときわ　おおきな声《こえ》で　朗唱《ろうしょう》しました。

「キリスト　復活！」

「実《じつ》に　復活！」

地表《ちひょう》が一気《いっき》にもりあがり　湧《わ》きたつような　歓喜《かんき》の応唱《おうしょう》が　森《もり》に　山《やま》に　天《てん》に　星《ほし》

空《ぞら》へと　ひびきます。
慶《よろこ》びにあふれ　生《い》きている感動《かんどう》につつまれた参祷者《さんとうしゃ》が　みるみるうちに　ふえていきます。

いくつものたいまつが灯《とも》され　聖歌をうたい　祈《いの》りのリズムに合《あ》わせるひとが　ふえていきます。

低《ひく》い声《こえ》　高《たか》い声《こえ》　すこし音《おと》がはずれているひと　赤《あか》ちゃんの泣《な》き声《ごえ》　木《き》によりかかって　うとうと眠《ねむ》っている子《こ》どもや　お年寄《としよ》りもいます。
涙《なみだ》ぐみ　笑《え》がおで祈る　ひと　ひと　ひと。

ラウレンティウスは　ニコルのよこに立ち　いつのまにか　娘といっしょに「実に復活」と　うたっていました。
ニコルが　聖体礼儀《せいたいれいぎ》のおわりころ　司祭《しさい》から聖《せい》パンと赤《あか》ぶどう酒《しゅ》をうけるすがたをみて　ラウレンティウスは　なぜか　うらやましく思《おも》いました。

明《あ》け方《がた》　美《うつく》しい夜明《よあ》けです。
どこかで　にわとりのときの声が　あがり、森の小鳥《ことり》も　にぎやかな　さえずりをはじめました。
聖堂の境内《けいだい》では、木製《もくせい》の簡易《かんい》テーブルがならび　おおきなシートをひろげている人《ひと》たちもいます。
料理《りょうり》がならべられ、もちよられた赤ぶどう酒が　木《き》のカップにそそがれ　主賓《しゅひん》の登《とう》場《じょう》を待《ま》ちます。
主賓《しゅひん》は　なんといっても　老司祭《ろうしさい》です。
丸木小屋《まるきこや》からでてきたのは、真《ま》っ白《しろ》な僧服《そうふく》　リアサを身《み》にまとい、せいようはしばみへーゼルナッツの杖《つえ》をついた　六〇歳《さい》をこえているであろう　かくしゃくとした司祭でした。
みんなが　うれしそうに　「神父《しんぷ》さま」と呼《よ》びかけています。
司祭は　信徒《しんと》の輪《わ》の中央《ちゅうおう》に立つと、ひきしまった声で祈ります。

キリスト　死より復活し　死をもって　死を滅《ほろ》ぼし
墓にある者に　いのちをたまえり

みんなで三回歌うと、

「キリスト　復活！」

「実に　復活！」

こたえる人びとは、もう何度もしているにもかかわらず、となりのひとの肩を抱き合い「キリスト　復活！」「実に　復活！」この挨拶《あいさつ》をくりかえします。

それから村長《むらおさ》が音頭《おんど》をとり「乾杯《かんぱい》！」聖大《せいだい》パスハの宴会《えんかい》がはじまりました。

「ニコル　わたしは　砦《とりで》に帰《かえ》らなきゃ。仕事《しごと》がはじまる」

うなずいたニコルは　司祭のところまで　軍医を連れて行き、復活の挨拶《あいさつ》をかわしたあと　ラウレンティウスを紹介《しょうかい》しました。

「わたしは　砦の軍医《ぐんい》　ラウレンティウスです」

　おもしろそうな表情《ひょうじょう》で　ほほ笑んだ司祭は、ははぁん　という感《かん》じで　ニコルを見やり　にこっとしました。

　娘は　恥《は》ずかしくなり　真《ま》っ赤《か》になりました。

「神父さま　お願《ねが》いがあります。わたしに　洗礼《せんれい》をさずけてください」

「クリスチャン　キリスト教徒《きょうと》になる　決心《けっしん》をもっていると」

　軍医はニコルをちらっとみてから　司祭に向かって　はっきりとうなずきました。

「わかった、わたしは　あすにはべつの集落へ行き　復活大祭をしなけりゃならん。つぎにくるまで　かなり時間《とき》がかかる。うけもちが　ひろくてのぅ」

　司祭は、ゆっくりあゆみ、丸木小屋《まるきこや》の　とびらをあけ　のっそり　起《お》きあがってくるがたいのおおきな　白《しろ》い雄牛《おうし》の肩《かた》を　やさしくなでました。

「こいつはな、キアニーナという種類《しゅるい》の牛《うし》だ。トスカーナのキアーナ渓谷《けいこく》が原産《げんさん》だといわれている。この雄牛、わたしは　サムソンと名《な》づけたのだが、サムソンが道《みち》をよく

知《し》っていて　村《むら》から村へ　山《やま》から山へと　牛車《ぎゅうしゃ》で運《はこ》んでくれるのだ」
そんなわけで　といいながら　司祭は　ふたりを交互《こうご》にみました。
「ニコル、この子《こ》の聖名《せいな》　洗礼名《せんれいめい》は　アンナなのだが、アンナに信仰生活《しんこうせいかつ》のことを　教《おし》えてもらうとよい。ころあいをみて　洗礼を授《さず》けてしんぜよう」
うれしそうに　うなずいた娘は、司祭の手《て》に接吻《せっぷん》しました。

四

砦《とりで》では、守備隊長《しゅびたいちょう》オギニクスが　待《ま》っていました。

オギニクスの部隊《ぶたい》は　砦周辺《とりでしゅうへん》　ドナウ川南岸地域《がわなんがんちいき》を哨戒《しょうかい》しながら、ゴート族《ぞく》の残兵《ざんぺい》を掃討《そうとう》し、皇帝《こうてい》クラウディウスは　麾下《きか》の精兵《せいへい》をひきいてドナウ川を徒渉《としょう》。ゴート族の兵站基地《へいたんきち》を　しらみつぶしに叩《たた》きました。

「ラウレンティウス先生《せんせい》、捕虜《ほりょ》の治療《ちりょう》をしてくれ」

守備隊長が捕獲《ほかく》してきたのは、数人《すうにん》の捕虜でした。でもかれらはゴート族とは異《こと》なる風体《ふうてい》でした。

たとえば　担架《たんか》に横《よこ》たわっている　指導者《しどうしゃ》とおぼしき若者《わかもの》は、長《なが》くのびた金髪《きんぱつ》、白《しろ》い肌《はだ》、青《あお》い目《め》をしていました。

ゲルマン族だと　確信《かくしん》した軍医《ぐんい》は　「しない」　といいました。

「わが同胞《どうほう》の多数《たすう》が　敵軍《てきぐん》の捕虜《ほりょ》となっている。この重傷《じゅうしょう》の若者は、ゲルマン族の首《しゅ》領《りょう》の息子《むすこ》だ。治療してくれ。捕虜交換《こうかん》につかえるのだ」

そうです。この蜂起《ほうき》は、ゴート族だけではなく、ゲルマン族の一部《いちぶ》、それにデーン人《じん》と、スラブ人の一部も手《て》をかしていたのでした。

「わたしの両親《りょうしん》は、ゲルマン族の一派《いっぱ》、アラマンニ族の侵攻《しんこう》、劫掠《ごうりゃく》のなか、死《し》んでしまった。父《ちち》は軍医であり、母《はは》は手伝《てつだ》っていた」

東《ひがし》アルプスにほど近《ちか》い　ローマ軍の砦の軍医であったラウレンティウスの父と母は、ゲルマン族の来攻《らいこう》に巻《ま》きこまれ、戦死《せんし》していたのです。

「死《し》ねばいい」

ゲルマンの若者を見《み》おろした軍医が、はげしい嫌悪《けんお》の情《じょう》にまみれ　言《い》いはなち、さっと離《はな》れたつぎの瞬間《しゅんかん》、若者は　すぐそばの兵士《へいし》の短剣《たんけん》をうばい　軍医の背《せ》におそいかかりました。

「あぶない！」

あいだに入《はい》ったのは、ニコルでした。

軍医とニコル、そして若者は、もつれる糸玉《いとだま》のように　ころがりました。

驚愕《きょうがく》した軍医が　娘《むすめ》をだきあげると　そのわき腹《ばら》に　短剣《たんけん》が　突《つ》き刺《さ》さったままでした。

力《ちから》つきた若者は　気《き》をうしなったまま　微動《びどう》だにしません。

いきりたった兵士が　ゲルマンの若者を　乱暴《らんぼう》に　ひきずり起《お》こしました。ふたりがかりで　うしろ手《で》にうでを引《ひ》きあげ　無理《むり》矢理《やり》しゃがませると　もうひとりの兵士が金髪をむぞうさに　わしづかみ　上《うえ》に引《ひ》っぱりました。

「こいつの首《くび》を　切《き》り落《お》とせ」

冷酷《れいこく》な口調《くちょう》で　隊長が　そう命《めい》じたとき、ニコルが　弱《よわ》よわしく　手をさしのべ

「ころしてはいけません」　ささやきました。

軍医と隊長、すこし意識《いしき》をとりもどした若者の視界《しかい》に　血《ち》の気《け》のひき　くちびるのむらさき色《いろ》になった娘のかおが　映《うつ》りました。

「隊長さま、軍医さま、おねがいです。この若者をたすけてください」

「なぜだ」

娘をだいた軍医が　毒矢《どくや》のような視線《しせん》を　若者に向《む》けています。

「たすけたら、捕虜になっているローマの兵士たちが帰《かえ》ってきます。いのちが　いのちを　生《う》みます」

泣《な》きながら　軍医は、

「なぜだ、なんで　できないことをいう」

かおを　ぐしゃぐしゃに　ゆがませています。

「わたしだと思《おも》って、わたしの　いのちだと信《しん》じて　救《すく》ってください。わたし　いのちを救っている先生が　大好《だいす》きです」

ニコルは　気をうしないました。

……

軍医は、隊長の目をみつめ、なやましげに　くびをよこにふりました。

「……この若者を、助けよう」

じぶんの心臓《しんぞう》が短剣《たんけん》につらぬかれたかのような衝撃《しょうげき》を　軍医は、うけていました。

五

いっときケガがなおり　健康《けんこう》なからだにもどるのかと思《おも》われましたが、夏《なつ》を過《す》ぎ　秋《あき》が暮《く》れていっても　ニコルは　床《とこ》につく日《ひ》が多《おお》くなりました。

砦《とりで》で　軍医《ぐんい》の手伝《てつだ》いができなくなったニコルは、森《もり》の集落《しゅうらく》の自宅《じたく》に帰《かえ》り　養生《ようじょう》をしました。

広葉樹《こうようじゅ》の葉《は》が　赤《あか》や茶《ちゃ》にそまり　木《こ》がらしの吹《ふ》くころになり　ようやく牛車《ぎゅうしゃ》にのった老司祭《ろうしさい》が　もどってきました。

老司祭は　オギニクス隊長《たいちょう》に　呼《よ》ばれました。ゲルマンの若者《わかもの》たちと　ゴート族《ぞく》に捕《と》らえられているローマ兵捕虜《へいほりょ》の交換交渉《こうかんこうしょう》に　老司祭が　仲介役《ちゅうかいやく》になるというのです。

捕虜交換《ほりょこうかん》のまえの日《ひ》、隊長は　ゲルマンの若者を　ニコルの家《いえ》に連《つ》れてきました。もちろん兵士数人《へいしすうにん》が　厳重《げんじゅう》な警備《けいび》をしています。

立《た》ちあったのは　老司祭と　軍医でした。

老司祭が　いいました。

「このゲルマンの若者は、助命《じょめい》の御礼《おんれい》と感謝《かんしゃ》をしたい　と　いっている」

ベッドに半身《はんしん》をおこしたニコルは、すっかり　やせおとろえ　からだの　肉《にく》がそげ落《お》ち　うすく平《たい》らになっていました。

「どうして　じぶんを　助《たす》けてくれたのか、そう質問《しつもん》している」

娘《むすめ》は　若者の　青《あお》い目《め》をみつめました。

「神《かみ》さまが　めぐまれた　いのちに　どんなちがいが　あるのでしょうか。愛《あい》し　信《しん》じて　生《い》きることが　ほんとうの平和《へいわ》、安《やす》らぎをうむ……あなたは　希望《きぼう》です」

老司祭の通訳《つうやく》したことばをきいた若者は、目をみひらき　おどろいた顔《かお》をしました。ひざまずき、娘の手《て》に接吻《せっぷん》すると　兵士たちにひかれ　帰《かえ》ってゆきました。

三日後《みっかご》、捕虜交換が　順調《じゅんちょう》にすみ、ゲルマンの首領《しゅりょう》の息子《むすこ》とその配下《はいか》五人《にん》に対《たい》して、ローマ兵《へい》の捕虜三〇人あまりが返されたことをきいたニコルは、うれしそうに　軍医にいいました。

「もうじき　救《すく》い主《ぬし》のお生《う》まれをいわう降誕祭《こうたんさい》です。とってもすてきなクリスマス　プレゼントになった」

軍医は、ゲルマンの若者に　敵意《てきい》をいだいていました。大切《たいせつ》なニコルを　こんなからだにした原因《げんいん》が　あの若者の殺人行為《さつじんこうい》だったからです。

老司祭がいいました。

「あの若者がいうておった。もうゴート族《ぞく》には　協力《きょうりょく》しない。ドナウ川《がわ》を渡《わた》り、侵掠《しんりゃく》しない。父《ちち》である部族長《ぶぞくちょう》にかならず進言《しんげん》し　平和《へいわ》を実現《じつげん》する。そしてこうもいった。わたしから　洗礼《せんれい》をうける、と」

軍医は　怒《いか》りにかられ　われをなくした　凶暴《きょうぼう》なトラのような表情《ひょうじょう》になり、老司祭に　かみつきました。

「きぐるいざただ。正気《しょうき》じゃない。敵《てき》に洗礼をさずける、冗談《じょうだん》じゃない。ニコルを　愛《あい》するニコルを　こんなめに遭《あ》わせた異民族《いみんぞく》に　凶族《きょうぞく》に　洗礼をさずける。わたしは　わたしは……」

ニコルは　老司祭に　おだやかに　ほほ笑《え》みました。

老司祭は　うなずき　すうっと　戸外《こがい》へでました。

ラウレンティウスは、ひざまずき、ベッドによこたわっている、愛する娘の手を両手《りょうて》で　おおっています。

「軍医さま、せんせい、大好きなラウレンティウス」

ようやく　ちょっとだけ　落《お》ちつきをとりもどした軍医を　娘がみつめます。

「せんせいって　怖《こわ》がりね。でも　ほんとうは　勇気《ゆうき》のある　やさしいひと」

いつくしみのこもった眸《ひとみ》、やさしい眼《まな》ざしが、ラウレンティウスをとらえます。氷のとけてゆくように　ラウレンティウスの荒《あ》れる　ささくれたこころが　いやされてゆきました。

「おねがいがあります。あなたにしかできない　クリスマス　プレゼント」

潤《うる》んだ眸が　まあるく輝《かがや》くと　にっこりしました。

「洗礼をうけて、おねがい。わたしたちが　ずっと　いっしょに　生《い》きるため」

ひきつった　わらい顔《がお》の軍医が　くやしそうに　つぶやきます。

「ずるいよ、ことわることのできない　おねがいをして」

ラウレンティウスは　愛《いと》おしい娘の手に口《くち》づけし　涙《なみだ》しました。

六

救《すく》い主《ぬし》の降誕祭《こうたんさい》のまえの日《ひ》、ラウレンティウスは　洗礼《せんれい》をうけました。老司祭《ろうしさい》バレンタインの名《な》をうけつぎ、洗礼名《せんれいめい》は　バレンタイン　です。

つぎの日、救主《きゅうしゅ》の降誕祭聖体礼儀《せいたいれいぎ》では、ニコル　すなわち　アンナといっしょに聖《せい》なるパンと赤《あか》ぶどう酒《しゅ》をうけました。

集落《しゅうらく》のひと　みんなが　祝福《しゅくふく》してくれました。

祈《いの》りは、明《あ》け方《がた》、冬《ふゆ》のおそい日の出《で》の時刻《じこく》に終《お》わりました。アンナは、ふたりで　初《はじ》めてデートした場所《ばしょ》へ行《い》きたいと　ねだりました。

小径《こみち》に　うっすら雪《ゆき》が　つもっています。

雪のように白《しろ》い牛《うし》サムソンが　重《おも》そうながっしりしたからだに　毛布《もうふ》をまきつけ、牛車《ぎゅうしゃ》に　アンナをだいたバレンタインをのせています。

老司祭が　牛を御《ぎょ》しています。
バレンタインは　毛布《もうふ》にくるまれたアンナを　そおっと　だきあげ　風《かぜ》のない　灰色《はいいろ》の丘《おか》に立《た》ちました。
なんて　軽《かる》いんだろう、バレンタインは　愛《あい》するひとを抱《だ》きながら　悲傷《ひしょう》の思《おも》いに胸《むね》がふさがれるようでした。
アンナが　うれしそうに　いいました。
「いちばん　ほしかった、いちばん　うれしい　クリスマスプレゼント」
ありがとう、いくども　娘《むすめ》が　くりかえします。
「病気《びょうき》がなおったら　結婚《けっこん》しよう。バレンタイン神父《しんぷ》さまに　お願《ねが》いして」
すっと　目《め》をそらせた娘が　一瞬《いっしゅん》　やるせなげに　まつげをゆらしました。
「もうひとつ　べつの　おねがいをしてもいい」
バレンタインは　うなずきました。
「もし　もしもよ、……　わたしの病気がなおらなかったら……　わたしが　さきに死《し》ん

じゃって　あなたが　ひとりぼっちになったら……　おねがい、ほかの女性《ひと》と結婚して」

とけるような　ことばでした。

長《なが》い沈黙《ちんもく》が、つづきました。

冷気《れいき》に突《つ》き刺《さ》さる　にわとりのときの声《こえ》、集落《しゅうらく》の近《ちか》くで食《た》べ物《もの》をあさるカラスの鳴《な》きかわす声《こえ》が　ときの経過《けいか》を刻《きざ》んでいます。

「……ねえ……考《かんが》えてみよう。わたしが　きみで　きみが　わたしだったとしたら、アンナ……ほかの男性《ひと》と結婚できる……」

胸《むね》にあふれる　愛憐《あいれん》のこころをうけとめた　アンナが　切《せつ》なく　ふっと　こぼしました。

「わたしって　だめね。あなたに　できないことばかり　おねがいしてる」

「そうだよ、わたしは　あきらめのわるい男《おとこ》なんだ。生《う》まれて初《はじ》めて　最愛《さいあい》のひとに巡《めぐ》り逢《あ》って　おまけに最高《さいこう》の　クリスマスプレゼントまでしたのに　いま　ふられそうになったんだよ。この情《なさ》けない　深刻《しんこく》な気持《きも》ちが　わかるかい」

　銀《ぎん》の鈴《すず》をふるような　ころころした　あたたかなわらい声《こえ》でした。

「さあ、想《おも》ってごらん。わたしたちの結婚式だ。神さまが祝福なさっている」

　アンナは　そおっと　目を閉じました。

「復活大祭《ふっかつたいさい》がおわったばかりの春《はる》、お花《はな》をいっぱい飾《かざ》り、ハチとチョウが群《む》れ飛《と》んでいる。あの恐《こわ》い顔《かお》のオギニクス隊長《たいちょう》、いつもいばっている副官《ふくかん》、守備隊《しゅびたい》の兵士《へいし》、集落《しゅうらく》のみんな、だれもが笑顔《えがお》だ。もしかしたらあのゲルマン族《ぞく》の若者《わかもの》だって　お祝《いわ》いをもってくるかもしれない」

「……わたし　きっと　きれいな花嫁《はなよめ》になる。お化粧《けしょう》して　ほお紅《べに》をぬり　香水《こうすい》もちょっぴりつける。あたまには　花《はな》のかんむり、お花もようをちりばめた　まっ白《しろ》なウエディングドレス……ほらみて、祭壇《さいだん》のランプの炎《ほのお》がゆれ　乳香《にゅうこう》のバラの花のかおりがそよいでいる……」

　ゆっくり腰《こし》をおろしたバレンタインは、ひざのあいだにアンナを抱《だ》くと　娘のゆびにじぶんの両手《て》を添《そ》えました。娘のあたまは　バレンタインの右肩《みぎかた》によりかかっています。

「さあ、指輪《ゆびわ》の交換《こうかん》。手を　さしのべてごらん」

アンナが　ゆるゆると　右手をのばしました。

「ごらん　なんてきれいなんだ。アンナの指輪《ゆびわ》は　北極星《ほっきょくせい》の光《ひかり》の輪《わ》で　できている。こんなに美《うつく》しい花嫁はいない。わたしだけのものだ」

やせてほそり　枯《か》れ枝《えだ》のように　折《お》れそうな　しろい指《ゆび》が愛《いと》おしく　バレンタインはくちびるをおしあて、やさしく娘をだきしめました。

「わたしの……せんせい」

「もう　先生《せんせい》じゃないよ」

「……たいせつな　あなた、愛《あい》してます」

いじらしい花嫁を　そっと　だきなおし　バレンタインは、耳《みみ》もとに　ささやきました。

「愛している……永遠《えいえん》に　はなさない。いっしょに　生《い》きよう」

ほのかな光《ひかり》につつまれた　はるかにのぞめる　雪野原《ゆきのはら》をながれる川《かわ》が　ふたりを祝《しゅく》福《ふく》するように　るり色《いろ》に　かがやいています。
数歩《すうほ》うしろから　この光景《こうけい》をみていた老司祭バレンタインは　くずおれ　ひざまずくと　声《こえ》を殺《ころ》して泣《な》きました。
朝陽《あさひ》が　ふたりを　やさしく　つつんでいます。

七

あのゴート族《ぞく》との激闘《げきとう》から一年《いちねん》あまり、ようやく砦《とりで》の守備隊《しゅびたい》の属《ぞく》する軍団《ぐんだん》は、その過《か》酷《こく》な任《にん》を解《と》かれ、本拠地《ほんきょち》に帰任《きにん》しました。
駐屯地《ちゅうとんち》は、ローマから徒歩《とほ》一日《いちにち》ほど、フラミニオ街道《かいどう》沿《ぞ》いのテルニという町《まち》にありました。

老司祭《ろうしさい》バレンタインは、軍医《ぐんい》バレンタイン・ラウレンティウスといっしょに　その町にいました。

老司祭がいうには「師匠《ししょう》だから、な」ということでした。雄牛《おうし》サムソンと牛車《ぎゅうしゃ》もいっしょです。

バレンタインは、その人柄《ひとがら》と心根《こころね》を見《み》こまれ、洗礼《せんれい》をうけて　まだ日《ひ》も浅《あさ》いのに司祭《しさい》に叙聖《じょせい》されました。

わかきバレンタインは、青少年《せいしょうねん》、少女《しょうじょ》に　神《かみ》の教《おし》えを語《かた》り、洗礼へとみちびきました。テルニのふたりのバレンタインは、絶妙《ぜつみょう》のコンビとして　よく知《し》られるようになりました。

でもそうした福音宣教《ふくいんせんきょう》を　よく思《おも》わない人《ひと》たちもいました。ローマ帝国《ていこく》の時代《じだい》、それはキリスト教《きょう》の迫害《はくがい》、クリスチャンが　たびたび弾圧《だんあつ》される時代《じだい》でした。

オギニクス隊長《たいちょう》が、こっそり　やってきました。

ふたりのバレンタインに、隊長がいいました。

「こんどの新《あたら》しい軍団長《ぐんだんちょう》は、キリスト教徒《きょうと》を毛嫌《けぎら》いしている。気《き》をつけることだ。……わしらはちがう。あの戦場《せんじょう》で生《い》き死《し》にを共有《きょうゆう》し、仲間《なかま》のいのちを助《たす》けてもらった。われらは、戦友《せんゆう》だ」

老若《ろうにゃく》ふたりの司祭は　視線《しせん》をかわしました。

「バレンタイン・ラウレンティウス、あなたは、青少年、少女にも、愛することの大切《たいせつ》さ　愛の教え、そして平和《へいわ》を説《と》いている。若《わか》い兵士《へいし》ばかりでなく、こともあろうにテルニの町長《ちょうちょう》のご子息《しそく》に洗礼をさずけ、まずしい家柄《いえがら》の娘《むすめ》と結婚《けっこん》するよう　そそのかした」

目《め》を転《てん》じた隊長は　つづけます、

「老師《ろうし》バレンタイン、あなたは　わかいバレンタインをとめるどころか　あと押《お》しし、祝福《しゅくふく》しているという」

にがりきった隊長が　念《ねん》をおしました。

「老師よ、あなたは　ローマ市民《しみん》ばかりではなく、奴隷《どれい》、さらには敵《てき》であるゴート族《ぞく》、ゲルマン族にまで洗礼をさずけている。これが　味方《みかた》の情報《じょうほう》を敵《てき》にながす　スパイ行《こう》為《い》、反逆罪《はんぎゃくざい》だというものもいる」

真剣《しんけん》な口調《くちょう》でした。

「……事態《じたい》は　深刻《しんこく》だ。いいか、形《かたち》だけでよい。十字架《じゅうじか》や聖像《イコン》をかるく踏《ふ》むだけでいい。棄教《ききょう》するのだ。どこか　よその土地《とち》へ行《い》ってもよいし、弾圧《だんあつ》の嵐《あらし》が去《さ》ったら　キリスト教《きょう》の布教活動《ふきょうかつどう》を　再開《さいかい》すればいいだろう」

戦友として心配《しんぱい》している、そう警告《けいこく》し　隊長は、帰《かえ》っていきました。


救《すく》い主《ぬし》の降誕祭《こうたんさい》の日《ひ》が　やってきました。

この日、ふたりのバレンタインは、聖体礼儀《せいたいれいぎ》と結婚式《けっこんしき》の一体《いったい》となっている形式《けいしき》の祈祷《きとう》をささげました。

現代《げんだい》では執《と》り行《おこな》われていない、古式《こしき》に則《のっと》った結婚式《けっこんしき》です。

洗礼をうけた花婿《はなむこ》、花嫁《はなよめ》は、聖体《せいたい》であるパンと聖血《せいけつ》である赤《あか》ぶどう酒《しゅ》を領食《りょうしょく》し、十字架に接吻《せっぷん》しました。

聖堂《せいどう》からでるとき、みんながふたりをかこみ　歓声《かんせい》をあげ、花《はな》びらや麦《むぎ》の穂《ほ》、ナッツを天高《てんたか》くふりまき、子《こ》どもが甘《あま》いドライフルーツをくばりました。

そこには　町長の息子と許嫁《いいなずけ》もいました。

いつもですと、ささやかな結婚披露宴《ひろうえん》、パーティをするのですが、町から警官隊《けいかんたい》、軍団からは憲兵《けんぺい》がくるという情報《じょうほう》があり、すぐに散会《さんかい》しました。

老司祭バレンタインが　いいました。

「わが弟子《でし》、バレンタイン・ラウレンティウスよ、逃《に》げなさい。ここはわたしひとりでだいじょうぶ。わたしにまかせなさい」

わかきバレンタインが、祭服《さいふく》をぬぎ、老師にもらった　純白《じゅんぱく》のリアサを着《き》て　笑《わら》いました。

「あの降誕祭の前《まえ》の日に　わたしは洗礼をうけ、月日《つきひ》がたち　きょう降誕祭の日に　わたしをとらえるものがやってきます。わたしが　師匠を　置《お》きざりにできましょうか。

降誕は　復活《ふっかつ》の始《はじ》まり、この白いリアサは　わたしの生《い》き方《かた》になりました」
弟子を逃がそうと　さらにことばをつなげようとしたとき、わかきバレンタインが
しみいるような笑顔《えがお》をつくり、老神父《ろうしんぷ》のことばを　融《と》かしてしまいました。
「……この戦乱《せんらん》の世《よ》にあって、神《かみ》さまを信《しん》じ、女性《ひと》を愛《あい》することなど、むだなことだ
と　思《おも》ってきました。でも　ニコル、アンナが……」
みなまで　きかずとも、老神父《ろうしんぷ》には　わかりました。
深《ふか》いため息《いき》のあと、老神父もおなじような　温顔《おんがん》でいいました。
「逮捕《たいほ》しにくるのを待《ま》つのも　なんとなく　しゃくだな」
「サムソンといっしょに　行《い》きますか」
さいごくらい　わたしが御者《ぎょしゃ》をしよう、そういった老神父が　愉快《ゆかい》そうに　サムソン
に牛車をとりつけ　「はい、どう」と声《こえ》をかけました。
牛車の助手席にのった　わかきバレンタインが　青《あお》い空《そら》を見《み》あげます。
ひつじのような白《しろ》い綿雲《わたぐも》が　ぽこり　ぽこり　流《なが》れゆきます。

「せんせい、軍医《ぐんい》さま、どっちが怖《こわ》がりか　ためしませんか」

ちろっと舌《した》さきをつきだすと　いたずらっ子《こ》のように笑《わら》った　アンナの顔《かお》を　思いだしました。

「ちっともこわくないよ。だって　いつもいっしょだと　いったろう。わたしたちは神さまといっしょなんだ。永遠《えいえん》のいのちを　生きよう」

バレンタインは、愛《あい》するひとのほほ笑《え》みを　こころに秘《ひ》め　幸《しあわ》せな熱情《ねつじょう》を　胸《むね》にいだきます。

老師の御する牛車の行く先《さき》、むこうの丘《おか》から　朝陽《あさひ》を浴《あ》びている　無数《むすう》のヤリの穂先《ほさき》が　きらきら　光《ひか》ってみえました。

とらわれびとの
クリスマスツリー

うしろ手《て》にしばられ　船《ふな》ぞこに投《な》げこまれた少年《しょうねん》は、ようやく目《め》を覚《さ》まし　思《おも》わずうめきました。下水道《げすいどう》のなかのような　腐臭《ふしゅう》にまざり　ひとの汗《あせ》のにおいがただよっています。

からだじゅう　痛《いた》いのですが、とくにこん棒《ぼう》で　殴打《おうだ》された首《くび》から右肩《みぎかた》の激痛《げきつう》がひどく、汚臭《おしゅう》をかいだとたん　こみあげる嘔吐感《おうとかん》を　がまんできません。吐《は》きもどすと口内《こうない》に満《み》ちた苦《にが》い味《あじ》が　すこしずつ　記憶《きおく》を呼《よ》びもどしていきます。

「いったい　なにがあったんだ」

しばられていない　わかい女性《じょせい》が　恐怖《きょうふ》にとらわれた　おびえた声《こえ》で　ささやきます。

「だいじょうぶ……　おこしてあげようか」

わかい女性のかいぞえで　上半身《じょうはんしん》をおこした少年は、ありがとう、と　ちいさな声で礼《れい》をいいました。

「ごめんね、わたしは　しばられていないの。抵抗《ていこう》しなかったから」
　ことばを切《き》った女性が　うすぼんやりした暗闇《くらやみ》のなか　しばられている男性《だんせい》を　目《め》でしめしました。かなりの人数《にんずう》が　船ぞこにいます。
「抵抗しそうな男性《ひと》ばかり、しばられているでしょ」
　くらさに目がなれてくると　天井《てんじょう》の透《す》き間《ま》からこぼれてくる　わずかな光《ひかり》が　わかります。
　かおの輪郭《りんかく》のなめらかにととのった女性が　悲《かな》しげに　いいました。
「わたしたち　きっと　二度《にど》と　ふる里《さと》には　かえれない」
　少年は　ひとことも　発《はっ》することができません。
「海賊《かいぞく》におそわれたの、わたしたちは　売《う》り物《もの》なのよ」
　こらえきれず　大《おお》つぶの涙《なみだ》をながした女性は　じぶんのくちびるを強《つよ》く　かみました。
赤《あか》い血《ち》が　闇《やみ》の影《かげ》を吸《す》うかのように　黒《くろ》い模様《もよう》になって　女性の　品《ひん》のよいあごに　にじみながれました。

「神《かみ》さま……」

少年は祈《いの》りましたが、ことばがつづかず、涙があふれました。

一

三世紀後半《さんせいきこうはん》、キリスト教は　ブリテン島《とう》、ブリタニア（いまのイギリス）に　定着《ていちゃく》しはじめていました。少年《しょうねん》の父《ちち》は、町《まち》のキリスト教会《きょうかい》の輔祭《ほさい》（助祭《じょさい》）、祖父《そふ》は　司祭《しさい》（神父《しんぷ》）をつとめた　信仰熱心《しんこうねっしん》な家庭《かてい》でした。

四〇一年頃《ねんごろ》のこと、一六歳《さい》になった少年は、ガリア地方《ちほう》　いまのフランス中部《ちゅうぶ》の大《だい》都市《とし》　パリへいくため船《ふね》にのりました。ここには　いくつもの大聖堂《だいせいどう》や修道院《しゅうどういん》があり神学校《しんがっこう》がありました。父と祖父にすすめられた少年は　勇躍《ゆうやく》　神学校に入学《にゅうがく》するため出発《しゅっぱつ》したのです。

少年が住《す》んでいた　ブリテンからガリアへいくには　ドーヴァー海峡《かいきょう》を船《ふね》で　わた

らねばなりません。その途中《とちゅう》を　襲《おそ》われました。

目的地《もくてきち》　カレー港《こう》を確認《かくにん》し、船がメインマストから大《おお》きな帆《ほ》を下《お》ろし　減速《げんそく》しはじめたところ　あっという間《ま》に　二《に》そうの船《ふね》がはさみうちし　荒《あら》くれ男《おとこ》が　のりこんできました。激《はげ》しく抵抗《ていこう》した船員《せんいん》は　みるまに　海《うみ》に放《ほう》りこまれました。

年寄《としよ》りと赤《あか》ん坊《ぼう》をのぞいた　働《はたら》けそうな男女《だんじょ》数十人《にん》と　持《も》ち合《あ》わせた金品《きんぴん》、金目《かねめ》の船荷《に》が　あっというまに強奪《ごうだつ》されました。手《て》なれたものです。

海賊船《かいぞくせん》は　南下《なんか》し　ブリテン島をおお回《まわ》りして西進《せいしん》　ついで北上《ほくじょう》しました。

おおきな島《しま》を右手《みぎて》にみながら　ふつか後《ご》、凹凸《おうとつ》の深《ふか》い入《い》り江《え》に　入港《にゅうこう》しました。

海辺《うみべ》の心地《ここち》よい浜風《はまかぜ》に　ほっとしたのも　つかの間《ま》、船《ふね》から引《ひ》きだされた人《ひと》びとは、乱暴《らんぼう》に取《と》りあつかわれ　いくつもの小屋《こや》へ男女《だんじょ》にわけて　いれられました。

船ぞことはちがう　はなをつまみたくなるような異臭《いしゅう》があり　ハエが　ぶんぶん飛《と》んでいました。床《ゆか》には　穴《あな》があいており　そこがトイレでした。

いましめを解《と》かれましたが、だれひとり　口《くち》をきくものがありません。

少年は　こころのうちに　絶望《ぜつぼう》の叫《さけ》びを　あげました。
「神さま、どうか家《いえ》に帰《かえ》してください。夢《ゆめ》ならば　覚《さ》めてください。わたしを　何日《なんにち》かまえに……お願《ねが》いです、もどしてください」
翌《よく》あさ　ひとりずつ　呼《よ》びだされました。
少年は、いきなり　まる裸《はだか》にされ　部屋《へや》のまん中《なか》に立《た》たされました。いきなり棒《ぼう》で　ピシリ　手《て》を打《う》たれました。どこも隠《かく》さず　立《た》っていろ、という命令《めいれい》です。
親方《おやかた》と呼《よ》ばれている　真《ま》っ黒《くろ》いヒゲぼうぼうの男《おとこ》が　少年を観察《かんさつ》し、なげやりな　だらけた口調《くちょう》でいいました。
「名《な》は」
少年は　呆然《ぼうぜん》として　こたえません。

いきなりでした。

そばに立っていた背中一面《せなかいちめん》　ドクロのいれずみをした若者《わかもの》が　こん棒《ぼう》で　少年のしりを打《う》ちました。

あまりの激痛《げきつう》に　少年が　うめきました。

ゆったりイスにまたがり　大《おお》またをひらき　ふんぞりかえっている親方は、ささくれた茶色《ちゃいろ》の小卓《しょうたく》をたたき、

「ま、おまえの名《な》まえをきいてもしかたがない」

冷《つめ》たく突《つ》き放《はな》しました。

「ロキ、それがおまえの名だ」

なんのことだろう、少年は　あたまが　思考《しこう》が　はたらきません。

「いい名だ。北欧神話《ほくおうしんわ》　知《し》ってるか。……ほ、知らんのか。学《がく》のないやつは　これだから困《こま》る。北欧神話の神《かみ》がみのひとりだ」

じろり、少年を　侮蔑《ぶべつ》した親方は、いいました。

「かならず　おれの質問《しつもん》には答《こた》えろ。すぐにだ」

「……」

「なん歳《さい》だ」

つぎの瞬間《しゅんかん》、太《ふと》ももを棒が直撃《ちょくげき》しました。

「……一六歳《さい》」

「なんで船にのっていた」

いれずみの若者が打つ直前《ちょくぜん》　少年がこたえます。

「学問《がくもん》のためです」

「どこへ」

「パリの神学校《しんがっこう》へ入学《にゅうがく》するためです」

「ふむ、ブリトン人のくせに、キリスト教《きょう》の神父《しんぷ》にでもなろうというのか、読《よ》み書《か》きそろばんは　できるわけだ。ラテン語《ご》はどうだ」

「すこしだけ」

「すこし、だと」

突然《とつぜん》、若者が棒で背《せ》なかを打ちました。のけぞった 少年は 息《いき》をととのえながら、

「いいえ……ふつうの読み書きくらいは」、ようやく そういえました。

若者が うしろから はがいじめにすると 親方は、目《め》、耳《みみ》、口《くち》のなか、両《りょう》手《て》足《あし》などを つぶさに点検《てんけん》しました。

「おまえは 商品《しょうひん》、奴隷《どれい》だ。ご主人《しゅじん》さまのいうとおりにしろ。生《い》きのびたければ 逆《さか》らうな。恨《うら》むのなら おまえの神を呪《のろ》うがいい」

悪魔《あくま》、サタンが人間《にんげん》を真似《まね》すると きっと こうなるのだ、少年は 思《おも》いました。

「こいつを連《つ》れてけ、くさくてたまらん。たっぷり水《みず》をかけて 洗《あら》え、だいじな商品だ。……さあて、あとなん人《にん》だ。はやく終《お》わらせよう」

少年といれかわりに、べつの中年《ちゅうねん》の海賊《かいぞく》が 入《はい》ってきました。

「あと三人《にん》だ、男《おとこ》で、セリにかけて売《う》るのは」

「家にかえると 孫《まご》が待《ま》っているんだ。かわいいぞ、おれのひざが大好《だいす》きなんだ」

くつくつ笑《わら》う親方のかおは、むじゃきな悪魔《あくま》そのものでした。

二

少年《しょうねん》を　セリ落《お》としたのは　灰褐色《はいかっしょく》のみじかい髪《かみ》をした　胸《むね》のぶあつい男《おとこ》でした。その男の馬車《ばしゃ》に　のせられるまえ、少年は、炉《いろり》ばたへ　連《つ》れていかれました。海賊《かいぞく》のひとりが　少年をひざまずかせ、木《き》の板《いた》を口《くち》にかませました。あっというまでした。炉から取《と》りだされた赤《あか》く焼《や》けた鉄棒《てつぼう》が　少年の左肩《ひだりかた》に　押《お》されました。身《み》をよじった少年が　悲鳴《ひめい》をあげたときには　ひしゃくの水《みず》が　肩にかけられていました。〇《まる》に十字《じゅうじ》のついた焼《や》き印《いん》が　ついていました。

「逃《に》げるなんてムダだ、刻印《こくいん》は、奴隷《どれい》のしるしだ」

なにごともなかったかのように　男は、荷台《にだい》からとりだした　古《ふる》い穀物袋《こくもつぶくろ》を転用《てんよう》したランニングシャツのような丸《まる》くび、つつ袖《そで》の服《ふく》と、みじかいズボンをはかせました。

「サンダルは　家《いえ》についたら　やる」

逃《に》げられては困《こま》るので、足《あし》かせをはめ　荷台にのせ、少年のあたまに　すっぽり　ふくろをかぶせました。

そのまま　男は　無言《むごん》で　とことこ　馬車を走《はし》らせました。一時間《いちじかん》おきくらいに馬《うま》を休《やす》ませ、そのついでに　少年は　用足《ようた》しをさせられ、一度《いちど》だけ　飲《の》み水《みず》と　すこしの干《ほ》し肉《にく》をもらいました。

夕闇《ゆうやみ》が　すずしい風《かぜ》をもたらすころ、ようやく馬車が　目的地《もくてきち》に到着《とうちゃく》しました。黒《くろ》い犬《いぬ》がまつわりつきます。

男は、冷酷《れいこく》にいいました。

「あの石造《いしづく》りの小屋《こや》が　おまえの家だ。ちいさいが木《き》のベッドがあり、トイレもある。水のはいった木桶《きおけ》も、すこしだが　干《ほ》し肉《にく》とドライフルーツもおいてある。あしたいそがしいぞ。よく休《やす》んでおけ」

ゴミのように放《ほう》りこまれ、戸《と》が閉《と》じられました。外《そと》から　カンヌキをかける　不気《ぶき》

味《み》な音《おと》がしました。少年は　手《て》さぐりで　冷《ひ》えたベッドに横《よこ》たわりました。じぶんを
こんな目《め》にあわせた海賊《かいぞく》、奴隷《どれい》として買《か》いとった男を　憎《にく》む感情《かんじょう》が沸《わ》きあがります。
復讐《ふくしゅう》したいと思《おも》いながら　眠りました。
「神さま、あいつらを憎みます。復讐したいので　わたしをお救《すく》いください」

三

闇《やみ》のなか、目覚《めざ》めました。
まぶたをあけるのが怖《こわ》く、あの船《ふね》のなか、希望《きぼう》にあふれて船出《ふなで》したときに　もどって
いてほしいとの　思《おも》いがつのりました。おそるおそる　瞳《ひとみ》をひらいてみると　非情《ひじょう》な石《いし》
カベがありました。
絶望《ぜつぼう》です。無念《むねん》の思《おも》いが　全身《ぜんしん》を恐怖《きょうふ》で　くるみます。
生《い》きていても　しかたない　そう感《かん》じました。

――いまだに　神《かみ》の救助《きゅうじょ》は　ない。

カンヌキをあける音《おと》がしました。まだ青《あお》ぐろく暗《くら》いのに　少年《しょうねん》は、つぎつぎに仕事《しごと》を命《めい》ぜられました。年配《ねんぱい》の背《せ》の曲《ま》がった　毛糸《けいと》のまるい帽子《ぼうし》をかぶった男《おとこ》が　仕事《しごと》を態度《たいど》でしめします。

「一度《いちど》しかやらない、一度でおぼえろ」

男の空洞《くうどう》のような目《め》、首《くび》につけられている鉄《てつ》の輪《わ》が　目をひきました。

にわとり小屋《こや》、あひるやがちょうの小屋の戸《と》をあけます。放牧場《ほうぼくじょう》の柵《さく》のとびらをひらくと、ヤギ、ひつじがメエメエ　なきながら　ひょこひょこ　群《む》れでてゆきます。

いつのまにか　すばしっこい牧羊犬《ぼくようけん》が数匹《すうひき》　かれらを　牧草地《ぼくそうち》へみちびいていきました。　そのあとを　牧童《ぼくどう》がゆっくり　ついていきました。馬小屋《うまごや》の向《む》こうには　家畜舎《かちくしゃ》があり　ウシやブタが飼われていました。

ご主人《しゅじん》の家族《かぞく》がくらす　おおきな二階建《にかいだ》ての石《いし》とレンガで建《た》てられた館《やかた》の台所《だいどころ》には、山《やま》から水路《すいろ》で水《みず》が引《ひ》かれています。水路は　枝《えだ》わかれし　畑《はたけ》やちいさな池《いけ》にもそそがれていました。
朝陽《あさひ》がいち面《めん》　白《しろ》い光《ひかり》で満《み》たしはじめるころ、ご主人がやってきました。手《て》にした鉄《てつ》の首輪《くびわ》を　慣《な》れた仕草《しぐさ》で少年の首に　ガチリ　はめました。
ご主人の足《あし》もとには、全身黒《ぜんしんくろ》い毛《け》におおわれ、ひたいに白《しろ》い星《ほし》のかたちの毛《け》が　はえている　中型《ちゅうがた》の犬《いぬ》が　すましています。
少年は　まがまがしい思いに　とらわれました。
「おまえの左肩《ひだりかた》に　奴隷《どれい》の焼《や》き印《いん》があり、鉄の首輪には　わが家《や》のかしら文字《もじ》Ａのマークが彫《ほ》られている。おまえは　アッシュ家《け》の奴隷だ。ここから　逃《に》げることはできない。
おまえの名《な》は　ロキ。わしの　命《めい》じた仕事《しごと》のみをせよ。口《くち》ごたえも　反抗《はんこう》も　ゆるさん。
おまえは　もはや　人間《にんげん》ではない。ここから　逃げた奴隷は　つれもどされるか、……
あの森《もり》やヒースで死体《したい》となった。ここは森の国《くに》だ。どこまでも森と山、ヒースだ。ブリトン人《じん》の世界《せかい》には　二度《にど》と　帰《かえ》ることができない」
とつとつと語《かた》る　ご主人のことばは、抑揚《よくよう》も感情《かんじょう》もありません。少年は　質問《しつもん》するこ

とも ことばを発《はっ》することも あきらめました。

少年は、ブリテン島の西《にし》に おおきな島国のあることを思いだしました。たしか森の国（アイルランド）と呼《よ》ばれていました。その国の南部《なんぶ》には宣教師《せんきょうし》や司祭《しさい》がいますが、島《しま》の大部分《だいぶぶん》、とくに北部《ほくぶ》には いまだ キリスト教《きょう》の光《ひかり》のおよんでおらず、未開《みかい》の地《ち》 野《や》蛮人《ばんじん》の住《す》む土地《とち》がある、ブリトン人《じん》は そう見下《みくだ》していました。

「休憩《きゅうけい》しろ、おまえの仕事《しごと》について あとで 説明《せつめい》する」

いいすて ご主人と愛犬《あいけん》が立《た》ちさり 少年は、これから生活《せいかつ》する あたりの風景《ふうけい》を見《み》わたしました。

眼前《がんぜん》には うっそうと繁茂《はんも》する森《もり》が 迫《せま》っています。圧巻《あっかん》です。人《ひと》の手《て》はいらない すべて 呑《の》みこんでやる、そういわんばかりの 針葉樹《しんようじゅ》の原生林《げんせいりん》が 北《きた》から東《ひがし》へと 大地《だいち》を埋《う》めています。

西《にし》から南《みなみ》へ　目《め》を向《む》けます。
馬車《ばしゃ》がとおれるほどの道《みち》ぞいには、たいへん苦労《くろう》をして延伸《えんしん》したのでしょう。水路《すいろ》と石垣《いしがき》が　連《つら》なっています。石垣は　畑《はたけ》や牧草地《ぼくそうち》、果樹園《かじゅえん》などを取《と》り囲《かこ》んでいます。
針葉樹の南には　ブナの原生林がありました。
その西南《せいなん》をたどると　ヒースという荒《あ》れ地《ち》につながり、ぬうように流《なが》れる川《かわ》ぞいには湿地《しっち》、泥炭地《でいたんち》がひろがっています。泥炭地には、露天掘《ろてんぼ》りの石炭《せきたん》の採掘場《さいくつじょう》、北《きた》の山《やま》の奥《おく》には、砂金《さきん》のとれる渓流《けいりゅう》のあることを、少年は、のちに知るようになります。
その大地《だいち》は、野生動物《やせいどうぶつ》の宝庫《ほうこ》でした。
山には　リス、シカ、キツネ、タヌキ、イノシシ、クマのほかヒヨドリ、ムクドリ、ヤマバト、フクロウなど、荒れ地には　野生のヤギ、ウサギ、イタチ、テン、ネズミ、スズメ、ヒワなど、川ぞいや湿地には　カワウソ、セキレイ、シギなどが　棲息《せいそく》しています。
地平線《ちへいせん》のむこうまで　見わたすかぎり　アッシュ家の領地《りょうち》でした。アッシュ家は　農《のう》産牧畜《さんぼくちく》、鉱業貿易《こうぎょうぼうえき》など　多角化経営《たかくかけいえい》をする大地主《おおじぬし》なのでした。

自然《しぜん》の神厳《しんげん》さにうたれた少年は、なぜか　感動《かんどう》しました。

無慈悲《むじひ》にも　ここへ　連行《れんこう》されてきましたが　どうしてか、

「生《い》きたい」

そう　実感《じっかん》しました。胸《むね》に　熱《あつ》いものがこみあげ　涙《なみだ》しました。

「神《かみ》さま……とにかく　生きます、生きてみます」


―――

あいつらに　いつか復讐《ふくしゅう》したい。
という熱《あつ》い感情《かんじょう》を、胸《むね》の奥《おく》に秘《ひ》めたまま、やるせない渇望《かつぼう》に　身《み》をきしませました。

四

少年《しょうねん》の仕事《しごと》は　家畜《かちく》の世話《せわ》などのほか　ご主人様《しゅじんさま》の子《こ》どもに、ブリトンの言葉《ことば》とラテン語《ご》、読《よ》み書《か》きそろばんを教《おし》える仕事《しごと》も追加《ついか》されました。いえ、むしろ　そのほうが主《しゅ》だったのでしょう。

一日《いちにち》おきの午前中《ごぜんちゅう》、少年は、男《おとこ》の子《こ》ふたり、幼《おさな》い女《おんな》の子ひとりの　家庭教師《かていきょうし》になりました。あととり息子《むすこ》に、経営者《けいえいしゃ》にふさわしい教育《きょういく》　教養《きょうよう》を　という要求《ようきゅう》でした。

命令《めいれい》のほか　会話《かいわ》のない少年は、いつしか　ひとりごとを　ぶつぶつ　いうようになりました。

あたまとからだで　リズムをとり、仕事《しごと》しながら、思《おも》いだし　思いだし　聖書《せいしょ》を唱《とな》えます。もっと一生懸命《いっしょうけんめい》　おぼえておけばよかった　そう思いながら、聖堂《せいどう》できいた祈《いの》りを　ひとり　うたいました。

孤絶《こぜつ》をいやす祈りです。

夕陽《ゆうひ》があすへつながる　希望《きぼう》の朝陽《あさひ》になる　そう信《しん》じたかったのです。

「あきらめるな」

どこかから　声《こえ》が　きこえてきました。

聖にして　福《ふく》たる常生《じょうせい》なる　天《てん》の父《ちち》の
聖なる光栄《こうえい》の　穏《おだ》やかなる光《ひかり》　イエス・キリストよ
われら　日《ひ》の入《い》りに至《いた》り　晩《くれ》の光《ひかり》を見《み》て
神《かみ》　父と　子と　聖神《せいしん》（聖霊《せいれい》）を歌《うた》う　生命《いのち》を賜《たま》う　神《かみ》の子よ
なんじは　いつも　敬虔《けいけん》の声《こえ》にて　歌わるべし
ゆえに　世界《せかい》は　なんじを　崇《あが》め　讃《ほ》む

一年《いちねん》、二《に》年、三《さん》年がたち　ご主人がいいました。

「ロキ、おまえは　逃《に》げないな。ここに　おるな。おまえの　宗教《しゅうきょう》の神に誓《ちか》って　逃げないと　約束《やくそく》するな」

少年は　ご主人の目《め》をみて　強《つよ》くうなずきました。

ご主人は、石造《いしづく》りの小屋《こや》のカンヌキをかけることを　やめました。

「答《こた》えろ、なぜ　逃げない、逃げようとしない」

最初《さいしょ》のころの　とげとげしい反抗的《はんこうてき》な態度《たいど》が消《き》え、けれども　虚飾《きょしょく》も　卑屈《ひくつ》さもない　少年のものごしを　ご主人は、不思議《ふしぎ》に感《かん》じました。

「いまのじぶんには　ここしか　ありません。あたえられた場所《ばしょ》　条件《じょうけん》　環境《かんきょう》で　じぶんなりの最善《さいぜん》を尽《つ》くし　あしたを迎《むか》えられるよう　生《い》きよう。いつか　きっと　希望《きぼう》の灯《ひ》をともす日《ひ》がくる、そう信じることにしたからです」

「おまえの神は　むごいものだ。助《たす》けてくれぬではないか」

「ちがいます。わが日用《にちよう》の糧《かて》を　おあたえくださっています」

ご主人は　はなをならし　愛犬《あいけん》をつれ　はなれていきました。

古参《こさん》の使用人《しようにん》の　警戒《けいかい》と見張《みは》りの目《め》のゆるんだことをさとった少年は、冬《ふゆ》のある晩《ばん》、たいまつ一本片手《ぽんかたて》に　北《きた》に広《ひろ》がる原生林《げんせいりん》にわけいりました。

ひとの造《つく》った道《みち》から数歩《すうほ》　奥《おく》へはいると、枝葉《えだは》にとざされ、月《つき》と星《ほし》の光のとどかぬ漆黒《しっこく》の闇《やみ》の世界《せかい》です。恐怖《きょうふ》に足《あし》がすくみます。

たいまつの火《ひ》で、一歩《いっぽ》、また一歩　すすんでいきました。

すると、月光《げっこう》と星彩《せいさい》にいろどられた、あき地《ち》がありました。

星座《せいざ》がどれであるか　見《み》きわめられないほど、群青《ぐんじょう》の蒼穹《そら》に　かがやく銀河《ぎんが》。これほどの星を　神が創造《そうぞう》したのかと　おどろくほどです。金《きん》の絹糸《きぬいと》のようなひかりが　大地を照《て》らしています。

少年は　巨大《きょだい》な一本《いっぽん》のモミの木《き》の　わきに立《た》ちました。

木のてっぺんを見あげると、そのまま宇宙《うちゅう》に吸《す》いこまれてしまいそうです。その下《した》には、まるで子《こ》どものような　かわいらしい小《こ》ぶりな　モミの木が生《は》えていました。じぶんの背《せ》たけほどのモミの木に、星《ほし》のかたちに編《あ》んだ干《ほ》し草《くさ》をくりつけながら　少年は、祈ります。

「救《すく》い主《ぬし》は　ベツレヘムの　洞窟《どうくつ》のような馬小屋《うまごや》にお生《う》まれになった。わたしの　孤独《こどく》

とは　くらべものにならない　崇高《すうこう》な使命《しめい》を　人《ひと》の子《こ》として　生きられた。神の子よ、わたしを　あわれんでください。みちびきの星を　どうか　おあたえください」

ひざまずき　両手《て》をさしあげ、しんしんと　冷《ひ》えてくる　大気《たいき》に突《つ》きさされながら少年は、ひとり　涙《なみだ》し　クリスマスを　祝《いわ》います。

「感謝《かんしゃ》します。ご主人は、小屋のカンヌキをはずし　わたしを　ここへ　来《こ》させてくださいました。おお、降誕《こうたん》の主《しゅ》よ、ご主人の家族《かぞく》にも　信《しん》と愛《あい》が　満《み》ちますように」

奴隷《どれい》である少年を信じきれず　そっとあとをつけてきたご主人は、その光景《こうけい》を　木《こ》かげから　しずかに　見まもっていました。

五

五年《ねん》たちました。

少年《しょうねん》の仕事《しごと》の範囲《はんい》がしだいにひろくなり、牧童頭《ぼくどうがしら》の補佐《ほさ》や　石炭《せきたん》や砂金《さきん》などの貿易《ぼうえき》の経理《けいり》の仕事《しごと》の手伝《てつだ》いも　まかされるようになりました。教《おし》え子《ご》である男《おとこ》の子《こ》と女の子が　すっかり少年と打《う》ちとけ　親《した》しくなりました。きびしく冷《ひ》ややかな目《め》でみていた母親《ははおや》は、少年に　衣服《いふく》やくつ　ときには　じぶんの飲食《いんしょく》物《ぶつ》をわけるようになっていました。

少年　いいえ　青年《せいねん》は、男《おとこ》らしく　たくましく成長《せいちょう》しました。

ほかのひとに　なつかない黒犬《くろいぬ》が、ご主人《しゅじん》のいないときには　いつも青年にはりつきお供《とも》するようになりました。

青年は　日々《ひび》の祈《いの》りばかりでなく、じぶんなりに教会《きょうかい》の祭日《さいじつ》を祝《いわ》うようになりました。

「春《はる》、復活大祭《ふっかつたいさい》だ。赤《あか》いたまごも　おいしく甘《あま》い焼《や》き菓子《かし》もないが、たまに食《た》べられる干《ほ》し肉《にく》　そのすこしが祝祭《しゅくさい》だ。夏《なつ》、生神女就寝祭《しょうしんじょしゅうしんさい》。マリアさまが　わたしを守《まも》ってくださっている。秋《あき》、そうだ。聖《せい》なる十字架《じゅうじか》を讃栄《さんえい》しよう。わたしの左肩《ひだりかた》の焼《や》き印《いん》も十《じゅう》字《じ》だし　あの牧場《ぼくじょう》の柵《さく》の組《く》み合《あ》わせも十字だ。神《かみ》が　ここにおられ、わたしは　生《い》きている。冬《ふゆ》、もうじき救《すく》い主《ぬし》の降誕祭《こうたんさい》がくる。わたしのところにも 神の子が降誕なさる、まちがいなく」

晩秋《ばんしゅう》のある日、北《きた》の山《やま》がどんよりかげり、暗緑《あんりょくしょく》色の 厚《あつ》い雲《くも》のうちから ときおりキラッキラッと 雷光《らいこう》が横切《よこぎ》り、ドーンという雷《いかずち》の音《おと》が ひびきます。

お館《やかた》のまわりは晴天《せいてん》なので 子どもにせがまれた青年《せいねん》は、母親《ははおや》と子《こ》ども三人《にん》をつれ、小川《おがわ》まで散策《さんさく》にでました。

青年が 男の子たちにバッタやカエルのことを話《はな》していたところへ 女の子が 草花《くさばな》の名前《なまえ》をたずねてきました。

川のほとりで 男の子ふたりが追《お》いかけっこをはじめました。

そのとき みるみるうちに 水《みず》かさが増《ま》してきました。山奥《やまおく》では 豪雨《ごうう》が渓谷《けいこく》の源流《げんりゅう》を満《み》たし いつもは穏《おだ》やかな小川が 激流《げきりゅう》に変貌《へんぼう》しました。

母親の悲鳴《ひめい》と ものすごい勢《いきお》いで 青年が 川に飛《と》びこむのが 同時《どうじ》でした。

いたずらっ子ふたりが　水勢《すいせい》をました濁流《だくりゅう》に　呑《の》みこまれています。
泥《どろ》や流木《りゅうぼく》が　視界《しかい》をさえぎりましたが　運《うん》よく　青年は、まずひとりをつかまえ　川岸《かわぎし》に　のせました。ふりかえると、なんと　あの黒犬《くろいぬ》が　もうひとりの子の服を口《くち》にくわえ　青年のところへ　運《はこ》んでいます。
川ぞこにあしがとどいた青年は、おもいっきり踏《ふ》んばり、男の子と犬を　川べりにのせることに成功《せいこう》しました。が、力尽《ちからつ》きた青年は　そのまま　泥流《でいりゅう》にもまれながら流《なが》されていきます。
わが子を抱《だ》いた母親が　もう一度《いちど》　悲鳴をあげました。飛《と》びだしてきた使用人《しようにん》たちに半狂乱《はんきょうらん》になりながら「青年《かれ》をたすけなさい」、
母親はそう命《めい》じ　川下《かわしも》をゆびさしました。
数日後《すうじつご》、青年は、お館の客室《きゃくしつ》の　ふわふわのベッドの上《うえ》で　やわらかく温《あたた》かな羽毛《うもう》ふとんに包《つつ》まれていました。からだじゅうが打《う》ち身《み》で痛《いた》く、寝《ね》がえりしても　うめき声《ごえ》を

あげてしまうのですが、おもわぬ厚遇《こうぐう》に 青年は おどろいていました。

目を覚《さ》ましたとき、母親と子どもたちが 安堵《あんど》のため息《いき》をつき、うれしそうに笑《わら》いました。黒犬が はね飛んできて からだを起《お》こした青年を押《お》したおし 顔《かお》じゅうをなめてくれました。

ぽかぽかの長《なが》いガウンをまとった青年は、ご主人の待《ま》つ、居間《いま》に呼《よ》ばれました。そこはランプとろうそくの光《ひかり》 暖炉《だんろ》のぬくもりに満ちていました。

ご主人は、カシのイスから立ちあがり、おどろいたことに 青年に手《て》をそえ 暖炉まえのいちばんあたたかい特等席《とくとうせき》 ソファに案内《あんない》しました。

「おまえに こころからの礼《れい》をいわねばならん。あのやんちゃな坊主《ぼうず》ふたりの いのちを救《すく》ってくれた。感謝《かんしゃ》する」

「いいえ、ご主人さま、わたしの配慮《はいりょ》がいたらぬばかりに、お子さまたちを危険《きけん》にさらしてしまいました」

「妻《つま》がいっておった。おまえが川に近《ちか》づくな、何度《なんど》も警告《けいこく》したのに、子どもたちは川っぺりで遊《あそ》んでいた、と。おまえの心根《こころね》がよくわかった」

　見まわすと、ご主人、母親と子どもたち、牧童頭、執事長《しつじちょう》、料理長《りょうりちょう》、召使《めしつか》いの女性《じょせい》が　にこにこしながら　青年を見守《みまも》っています。

「みんな　おまえのことを好《す》いておる。だれにもなつかないこの黒犬も　おまえがベッドで目を覚ますまで、水《みず》も飲《の》まず　エサも食《た》べず　ずうっと待《ま》っていた。……ありがとう」

　ご主人は、となりにすわっている愛犬《あいけん》のあたまをなでながら、初《はじ》めて、青年にほほ笑《え》みました。

　あたまをたれ　かおをあげた青年の瞳《ひとみ》に、おおつぶの涙《なみだ》が光《ひか》っていました。

「ありがとうございます」

　ご主人がいいました。

「名《な》はなんという」

「ロキです」

「そうではない、おまえのほんとうの名まえだ」

六

「パトリキウス（パトリック）」

「パトリキウス、よい名《な》、だと思《おも》う」

「わたしの神《かみ》が　名づけてくださった　聖《せい》なる名まえです」

「おまえたちの神が、か。名をつけたというのか」

「洗礼《せんれい》をうけ、聖なる名をいただきました」

「こんなつらいめに遭《あ》わせた神を、怨《うら》んだり　呪《のろ》ったりはしないのか。海賊《かいぞく》、奴隷商人《どれいしょうにん》

やわれらに復讐《ふくしゅう》したいと思《おも》ったことはなかったのか」

「復讐……復讐は　ありません。あらゆる裁《さば》きは、神にゆだねます。……奴隷となり

知《し》らない土地《とち》で生《い》きるなか、じぶんが　ひとり　はだかで生《う》まれたことを知《し》りました。

神のことばに生きる　ささやかな幸《しあわ》せのあることも」

「——幸せ」

信《しん》じられん、ご主人がいい、まわりの人《ひと》びとも　ゆれる波紋《はもん》のように　どよめきました。

「生きる場所《ばしょ》の問題《もんだい》ではない……奴隷であることが問題なのではない、じぶんの生き方《いかた》だ、そう思えるようになりました。わたしの生き方を　神が祝福《しゅくふく》なさっている、と」

——

ご主人は　瞑目《めいもく》しました。暖炉《だんろ》のなかの　たきぎのパチッとはじける火花《ほむら》が　凍《こお》りついたご主人のよこ顔《かお》を照《て》らします。

「じぶんの生き方……神の祝福……パトリキウス、食事《しょくじ》をしながら　ゆっくり話《はなし》をしたい。おまえの神の話がききたい」

ほっと力《ちから》をぬいたご主人は、パトリキウスの肩《かた》をだくと、食堂《しょくどう》へ誘《さそ》いました。

「われらの神は　すべてのひとをお救《すく》いになります。もうじきメシアの降誕《こうたん》を祝《いわ》うクリスマスがやってきます」
「ブリトン人も　ここ　森《もり》の国《くに》の住人《じゅうにん》も　すべて　救う神なのか」
「降誕される神の子は、愛《あい》といわれるお方《かた》なのです」

冬《ふゆ》、救世主の降誕の祭日、ご主人は　森《もり》の奥《おく》の巨大《きょだい》なモミの木《き》の空《あ》き地《ち》で祝うと、いいだしました。みんなで　そこへの小径《こみち》を整備《せいび》し、ランプで道案内《みちあんない》の標識灯《ひょうしきとう》をともしました。

かわいらしいモミの木には、母親《ははおや》と子《こ》どもたちが、しろい綿《わた》、干《ほ》し草《くさ》を編《あ》んでつくった星《ほし》をかざりました。パトリキウスは　集《あつ》まった人《ひと》たちに、三人《さんにん》の博士《はかせ》（旅人《たびびと》）、イエスを助《たす》けたクモ、主の降誕を祝う天使《てんし》の歌《うた》、羊飼《ひつじか》いによる子ひつじの献《ささ》げもののお話をしました。

いっしょに何回《なんかい》も　みんなで「天にいます」をうたいました。

たき火《ひ》がみんなを温《あたた》め、料理長《りょうりちょう》がつくった甘《あま》いお菓子《かし》やジュース、おとなには赤《あか》ぶど

う酒《しゅ》　ホットワインがふるまわれました。

　ご主人がいいました。

「クリスマスには、プレゼントを交換《こうかん》する慣習《かんしゅう》があるそうだな。わしからのプレゼントを贈《おく》りたい。パトリキウス、おまえの鉄《てつ》の首輪《くびわ》をはずす、そして　おまえを自由《じゆう》にする」

　ご主人が　首かせをはずしました。

　感謝《かんしゃ》したパトリキウスが　手《て》を十字《じゅうじ》に組《く》み　ひざまずきました。

「数年間《すうねんかん》の　相応《そうおう》の報酬《ほうしゅう》も　支給《しきゅう》しよう。おまえは　家《いえ》に帰《かえ》りたいのではないのか、わしの部下《ぶか》をつけるゆえ、ブリテン島《とう》の家《いえ》にかえるがよい」

「……家には　かえりません」

　びっくりしたご主人は　不思議《ふしぎ》そうに　パトリキウスの返答《へんとう》を待《ま》ちました。

「パリの神学校《しんがっこう》へ入学《にゅうがく》します。そこで研鑽《けんさん》をつみ、ここへかえってきます」

「ここへ　かえる……おまえを奴隷《どれい》として苛酷《かこく》にあつかった、わしらのいる、呪《のろ》われた場所に　もどってくるというのか」

「はい」

「おまえは　わしや家族《かぞく》を怨《うら》み、残酷《ざんこく》な運命《うんめい》をもたらした神を　呪うことはしないのか」

「神さまの祝福された大地《だいち》、第二《だいに》のふる里《さと》が　ここです」

　ご主人は　深甚《しんじん》なる感《かん》にうたれて、凝然《ぎょうぜん》とパトリキウスをみつめました。

「わたしの神は、わたしを信《しん》じています」

「神が　おまえを信じる」

「神がわたしを信じてくださるので、わたしは生きることができます。なんと説明《せつめい》すればよいのでしょう。母が子を　親友《しんゆう》が親友を　こころから愛《あい》し　信じるように、神は、わたしを信じてくださいます。親《おや》よりも　親友よりも　わたしのことを　信じ　愛してくださる神を　どうして　わたしが裏切《うらぎ》れましょうか。絶望《ぜつぼう》と孤独《こどく》、辛酸《しんさん》をなめてもわたしはいつも　独《ひと》りではありませんでした。きっと　これからも」

　パトリキウスは　荘厳《そうごん》な光《ひかり》に満《み》ちた星空《ほしぞら》を見《み》あげ、天《てん》に両《りょう》うでをさしあげました。

「すべての　あらゆるひとをお救いになる神が、わたしを信じています。わたしは　神を愛しています」

ご主人は、わらでこしらえた星をひとつ　モミの木にかざると、おどろいたことに
パトリキウスのかたわらにひざまずきました。黒犬《くろいぬ》もきちんとおすわりをしました。
母親と子ども、使用人《しようにん》もひざまずき　胸《むね》のまえに十字にうでを組みました。ほほ笑《え》ま
しい光景《こうけい》に、パトリキウスのうれしさがつのり、目《め》じりのほとりの涙《なみだ》に　流《なが》れ星《ぼし》が映《は》え
ました。

たかれる乳香《にゅうこう》のかおりが　ほんのり甘《あま》くただよいました。
あのときの船倉《ふなぐら》の絶望《ぜつぼう》のにおいではなく、希望《きぼう》をいだかせるにおいです。
ご主人が　しめやかに　いいました。
「パトリキウス、おぼえたての、天にいますを　いっしょに歌おう」
みずからのうちに　救い主の降誕、神の子の誕生《たんじょう》のあることをパトリキウスと森《もり》の
民《たみ》は信じ　新《あら》たな人生《じんせい》　生き方のはじまりを祝《しゅく》し　祈《いの》りつづけました。

きらめく聖歌《せいか》

地中海《ちちゅうかい》と黒海《こくかい》をつなぐ海《うみ》の隘路《あいろ》が、ボスボラス海峡《かいきょう》です。

三三〇年　ローマ皇帝《こうてい》コンスタンティヌスは、海峡の西側《にしがわ》に　首都《しゅと》コンスタンティノポリス（コンスタンティノープル）を建設《けんせつ》しました。東洋《とうよう》の真珠《しんじゅ》とうたわれた、美《うつく》しい国際《こくさい》都市《とし》は、東西南北《とうざいなんぼく》　文明《ぶんめい》と文化《ぶんか》の交差《こうさ》する十字路《じゅうじろ》の基点《きてん》であり、政治《せいじ》　行政《ぎょうせい》　軍事《ぐんじ》の主要施設《しゅようしせつ》ばかりではなく、正教会《せいきょうかい》、オーソドックス・チャーチの信仰《しんこう》の拠点《きょてん》も　建設されました。

三六〇年、主教座聖堂《しゅきょうざせいどう》として完成《かんせい》した初代《しょだい》、聖《アギア》ソフィア大聖堂《だいせいどう》は、残念《ざんねん》なことに四〇四年、火災《かさい》で焼失《しょうしつ》します。それから　およそ一〇年の歳月《さいげつ》をついやして建設された二代目《にだいめ》　聖ソフィア大聖堂は、四一五年に完成し　成聖《せいせい》されました。この荘厳華麗《そうごんかれい》な大聖堂が　お話《はなし》の舞台《ぶたい》です。

一

晩秋《ばんしゅう》の夜長《よなが》、ギデオンは　あきらめたような悲鳴《ひめい》をもらしました。

「まだ　練習《れんしゅう》をつづけるのかい」

「おねがいだ、きみしか　たのめる人《ひと》がいない」

あたまを下《さ》げたのは同《おな》い年《どし》の一八歳《さい》、同僚《どうりょう》のロマンです。

ふっとため息《いき》をもらし、苦笑《くしょう》しました。

「そうだな、エウフェミオス総主教《そうしゅきょう》さまだって、とてもおいそがしいから、ロマンにばかり　手《て》をかけられないだろうしな」

記憶力《きおくりょく》のよいギデオンが、まずは聖詠経《せいえいきょう》、旧約聖書《きゅうやくせいしょ》の詩編《しへん》を口《くち》づたえに読《よ》みきかせていました。ロマンは　けん命《めい》になって　暗記《あんき》します。

「それにしても、あの堂役《どうえき》の連中《れんちゅう》、大聖堂で〝いじめ〟をするとは　けしからん。きみがまだ　おぼえていない聖詠を　読《よ》めと強要《きょうよう》したんだから……仕返《しかえ》しを考《かんが》えないとな」

「しかたないよ、わたしは字《じ》が読めないから。子どものころから　なぜか字がおぼえられない。文字《もじ》が空中分解《くうちゅうぶんかい》みたいに　ばらばらになってしまい、どうしてなのか、記憶《きおく》できない」

さみしげな　ロマンのつぶやきです。

「総主教さまのご期待《きたい》にこたえるために、まずは　聖詠経を丸暗記《まるあんき》するしかない」

呼《よ》び鈴《りん》が鳴《な》ったら、すぐに飛《と》びだしていけるよう、総主教の寝室《しんしつ》すぐそばの小部屋《こべや》に

ふたりの従者《じゅうしゃ》は　つねに待機《たいき》しています。

「わかった、では　つづきだ」

ギデオンが　朗々《ろうろう》と読みはじめました。

ロマンは　この詩《し》が　大好《だいす》きになりました。

主《しゅ》は、われの牧者《ぼくしゃ》なり。われ　万事《ばんじ》に乏《とぼ》しからざらん。

かれは　われを　茂《しげ》き草場《くさば》に休《いこ》わせ、

われを　静《しず》かなる水《みず》にみちびく。
わが霊《たましい》を固《かた》め、おのが名《な》のために
われを　義《ぎ》の地《ち》に　赴《おもむ》かしむ。
もし　われ　死《し》の蔭《かげ》の谷《たに》に行《い》くとも
害《がい》を　おそれざらん。
けだし　なんじは　われと　ともにす。

ロマンは、感《かん》きわまったように　窓越《まどご》しに夜《よる》の闇《やみ》をみました。

「ありがとう、ギデオン。たしかに　きみは　わたしと共《とも》に　いてくれる」

友《とも》の苦衷《くちゅう》を察《さっ》したギデオンは、

「さあ、この第《だい》二三聖詠をおぼえたら、寝《ね》よう、もうくたびれたよ」

そういい、ロマンに復唱《ふくしょう》させせました。

二

四八九年年《ねん》、総主教《そうしゅきょう》に着座《ちゃくざ》したエウフェミオスの　ひとりめの従者《じゅうしゃ》は、ギデオンでした。

ギデオンは、貴族《きぞく》の子《こ》で、末弟《すえっこ》でした。神学校在学中《しんがっこうざいがくちゅう》に、成績《せいせき》の良《よ》さと誠実《せいじつ》さが認《みと》められ、総主教の身《み》のまわりの世話《せわ》をする従者《じゅうしゃ》に任《にん》じられました。

いわゆる「氏育《うじそだ》ちのよい、良家《りょうけ》の子《こ》」です。

首都《しゅと》の巨大《きょだい》な教会《きょうかい》、聖《アギア》ソフィア大聖堂《だいせいどう》で執《と》り行《おこな》われる祈祷《きとう》には、多数《たすう》の教役者《きょうえきしゃ》がいました。聖鐘《せいしょう》をつく係《かかり》にはじまり堂役《どうえき》、誦経者《しょうけいしゃ》、副輔祭《ふくほさい》、輔祭《ほさい》、聖歌指揮者《せいかしきしゃ》、聖歌隊《せいかたい》のメンバー、ろうそくやランプの係、おそうじ係なども壮麗《そうれい》な祈祷《きとう》を支《ささ》える大事《だいじ》な仕事《しごと》でした。

ちなみにギデオンは、抜群《ばつぐん》の音感《おんかん》をかわれ、何人《なんにん》かいるなかでも第三《だいさん》の副聖歌指揮者《ふくせいかしきしゃ》に任《にん》じられていました。若《わか》いのに大抜擢《だいばってき》です。たくさんいる堂役のひとりがロマンでした。ところがこのロマン、どうしようもなくおっちょこちょいで、不器用《ぶきよう》、おまけに　字《じ》が読《よ》めませんでした。

きらびやかな大聖堂につとめる聖職者《せいしょくしゃ》のなかには、プライドが高《たか》く、強欲《ごうよく》で　出世《しゅっせ》欲《よく》が強《つよ》いひとも混《ま》じっています。処世術《しょせいじゅつ》にたけたギデオンなら　いざしらず、ロマンは　まわりを気《き》にし配慮《はいりょ》する余裕《よゆう》がありません。知《し》らぬまに、いじめの対象《たいしょう》、標的《ひょうてき》になっていました。

大聖堂のちかくに、街路樹《がいろじゅ》の壮観《そうかん》な　大通《おおどお》りがありました。セイヨウシナノキ、日本《にほん》では　菩提樹《ぼだいじゅ》といいます。長年市民《ながねんしみん》に愛《あい》され、大事《だいじ》にされてきたので、高《たか》さ二〇メートルをこえる巨木《きょぼく》もありました。枝《えだ》が重《おも》そうにたれ下《さ》がり、かわいらしい小《ちい》さな黄《き》いろい花《はな》が、おでこをくっつけ　うれしげに　咲《さ》いています。

季節《きせつ》は六月《がつ》、朝《あさ》の祈祷《きとう》をおえたエウフェミオス総主教は、のんびり　散歩《さんぽ》していました。やわらかい木《こ》もれ陽《び》のなか　杖《つえ》をつき、一歩《ぽ》あるいては足《あし》をとめ、花《はな》の蜜《みつ》をあつめる　ミツバチの羽音《はおと》に　耳《みみ》を澄《す》ませます。

「ギデオンよ、この花は、夫婦《ふうふ》や恋《こい》びとたち、友人同士《ゆうじんどうし》を和合《わごう》させる、愛《あい》の花だといわれている。ごらん、可憐な花が密集《みっしゅう》しているのに　ケンカせず　仲よしだ。教会も　そういう場所《ばしょ》でありたいものだ」

おなじ話《はなし》がくり返《かえ》されますが、ギデオンは　敬愛《けいあい》する総主教の話は、何度《なんど》きいても　たのしいと思いました。

「香《かお》りもよいし、この花《はな》でこしらえたハチミツも甘露《かんろ》だ。わしはこの花《はな》の蜜《みつ》の入《はい》った赤《あか》ぶどう酒《しゅ》が大好《だいす》きだ。われらの主《しゅ》イエスも　この花を愛《め》でたのであろうか」

そのとき　みょうな音《おと》が　きこえてきました。

「なにか、へんな　音が　きこえないか」

けげんな表情《ひょうじょう》でギデオンに　総主教が　問《と》いかけました。

「あわてん坊《ぼう》のセミが　真夏《まなつ》でもないのに　地中《ちちゅう》からはいでて、ひとりぼっちで　つた

ない曲《きょく》を　かなでているのです」
たしかにどこかの木《き》で　習《なら》いたての　竪琴《ハープ》みたいな音をだしている　セミがいるようです。
「……？」
くっ、くっという　ちいさな声《こえ》と、どん　どんという　なにかが木にぶつかる音がしました。
総主教は　ギデオンに見《み》てくるよう　目《め》で合図《あいず》しました。大木《たいぼく》のうらがわにまわったギデオンが連《つ》れてきたのは、ひたいから血《ち》を流《なが》しているひとりの少年《しょうねん》でした。
総主教は　ポケットからハンカチーフをとりだし、ギデオンに手《て》わたしました。総主教だとわかった少年は　いきなり　ひざまずきました。ギデオンは身《み》をかがめ　少年のひたいの傷《きず》に　ハンカチーフをあてました。
総主教は　思《おも》いだしました。
――そうだった、この少年は、大聖堂で堂役をしていた。香炉《こうろ》を運《はこ》ぶため　輔祭《ほさい》の

いるところへ向かおうとし、いじわるな年長《ねんちょう》の堂役に　みんなから見《み》えない角度《かくど》から
足《あし》をつきだされ、つまづいて　転《ころ》んでしまった。
「どうしたのかな、たしか　堂役をしておったな」
　少年は　総主教の右手《みぎて》の甲《こう》に　接吻《せっぷん》し　祝福《しゅくふく》をうけました。が、だまったままです。
　総主教は「わしをみなさい」といいました。
「少年よ、わしは　すべて見ておった。あのいじわるな　年上《としうえ》の堂役に仕返《しかえ》ししたいの
か、うらんでいるのか。くやしくて　泣いているのか」
「情《なさ》けなくて　じぶんを叱《しか》っておりました」
　目をあげ　総主教をみつめる少年の瞳《ひとみ》には　何《なん》のけれんみもない　真剣《しんけん》　実直《じっちょく》な光《ひかり》
が　宿《やど》っています。
「じぶんをしかる……」
「はい、……もっと注意《ちゅうい》ぶかく神さまの仕事《しごと》ができなかったのか、もっとひろい視野《しや》
をもち、失敗《しっぱい》のない聖務《せいむ》ができなかったのか……わたしは　なかなかそれができず、

不注意《ふちゅうい》ばかり。まわりに迷惑《めいわく》をかけています。きっと　努力《どりょく》が足《た》りないのです」

「……それで、じぶんをしかっておったのか」

総主教の眸《ひとみ》が　うれしそうに　ほころびました。

「わかった、大聖堂の聖務長《せいむちょう》は　わしだ。いたずらをしたものには、あとで注意《ちゅうい》しておこう」

ふっ、総主教が　ほほ笑《え》みました。

「もう二度《にど》とこの木に　ひたいをぶつけるな。木に　たんこぶができては　かわいそうだ、名《な》はなんじゃ」

「ロマンです」

「よい名だ　さあ、ロマン　立ちなさい。いっしょに帰《かえ》ろう」

このあと、ロマンは　総主教の　ふたりめの従者に任じられたのです。

三

一二月《がつ》、もうじき主《しゅ》の降誕祭《こうたんさい》、クリスマスです。

ロマンが　五〇聖詠《せいえい》（詩編《しへん》五一）を　朗誦《ろうしょう》しています。ロマンに聖詠を朗読《ろうどく》させてから　就寝《しゅうしん》するようになった　エウフェミオス総主教《そうしゅきょう》がいいました。

「ロマンよ、よく　ききなさい。いにしえの聖人《せいじん》、エジプトの聖パコミウスは、一週間《いちしゅうかん》のうちに、一五〇の聖詠　すべてよむよう　すすめておられる。一日《いちにち》に二〇ほどの聖詠を　毎日《まいにち》　朗読《ろうどく》する。根気《こんき》よく　ねばりづよく、つづける」

こころのなかに　やってもむだだ　そう思《おも》った瞬間《しゅんかん》、

「むだなことなど　なにひとつないのだよ」

ロマンのまばたきが　とまりました。

「神《かみ》が　おまえのなかに　住《す》む日《ひ》がくる。そのとき　おまえは　変《か》わる。ロマン、おま

えは　神に　えらばれているのだ」

　いつの日にか　ではなく、いますぐ　役《やく》にたつ助言《じょげん》のほしいロマンは　うれしそうではありません。

「おまえはどうなりたいのじゃ、ギデオンのように　いろんなことが器用《きよう》にできるようになりたいのか」

「……そうなれば、どんなによいでしょう。わたしには　取《と》り柄《え》というか　特技《とくぎ》がないのです」

「そうかな、なかなか　良《よ》い声《こえ》をしておるぞ」

「声だけですか、よいのは」

　哀愁《あいしゅう》をおびたロマンの答《こた》えでした。

「ひとつ、そのひとつが大事《だいじ》だ。ひとはな、得手《えて》をすてたり、あきらめたりしてはならんのだ」

あるときギデオンが、総主教にたずねました。

「どうして　ロマンを　従者《じゅうしゃ》にとりたてたのですか」

ゆかいそうに　総主教は　ギデオンをみました。

「ふむ、知《し》りたいか」

「はい」

「あまりにも　ぶきっちょ　だったからじゃ」

「はあ……」

「あれほどの不器用《ぶきよう》は　めったにおらん。立《た》っているだけで　妙《みょう》に目立《めだ》つではないか。ロマンのいるところに　陽《ひ》の光《ひかり》があたっているようだ」

「……」

「あやつは不思議《ふしぎ》な少年《しょうねん》でな、わしがほんとうに　必要《ひつよう》だと感《かん》じるときには、かならず横《よこ》にいる。……病気《びょうき》で熱《ねつ》があるとき、用《よう》を言《い》いつけたいとき、ひとを呼《よ》んできてほしいとき……あやつが　そこに　おる。でしゃばろうとか、ひとを押《お》しのけようとか、上《うえ》に立とうとか、まったく傲慢《ごうまん》さのない稀有《けう》な信仰者《しんこうしゃ》だ。ま、おっちょこちょいで　ぶきっちょだから　よくどじり　失敗《しっぱい》もするが、それも愛嬌《あいきょう》じゃ」

ギデオンとの会話《かいわ》を思《おも》いだした総主教は、ロマンにたずねました。

「お祈《いの》りは　たのしいか」

ロマンは、返答《へんとう》にこまりました。まちがわず　順序《じゅんじょ》ただしく、どじらないように　祈《き》祷《とう》をこなすだけで、たのしいと　感《かん》じたことが　ありませんでした。

「……」

「おまえはどうなりたいのじゃ、みんなより　誦経《しょうけい》や聖歌《せいか》がうまくなりたいのか」

「はい」

「ふむ、たしかに修練《しゅうれん》をつめば　うまくなるだろう。だが　祈祷とは　そういうものなのか。聖堂《せいどう》はそういうところなのか……うまい　へたの判断《はんだん》　判定《はんてい》は　だれがするのだ」

返事《へんじ》につまったロマンが　首《こうべ》をたれ　悄然《しょうぜん》としています。

「……おやすみ」

総主教はそういい　照明《しょうめい》を消《け》し退去《たいきょ》するよう　ロマンをうながしました。

四

総主教館《そうしゅきょうかん》には　総主教のための小聖堂《しょうせいどう》がありました。そこにはカギがかかっておらず、館内《かんない》にいるものは、だれでも好《す》きなときに　祈《いの》ることができました。総主教がそう祝福《しゅくふく》したのです。

ロマンは、そおっと　聖堂にはいり、祈りはじめました。聖障《イコノスタス》に　いくつかのランプがともり　聖像《イコン》をほのかに照《て》らしています。

総主教の「お祈りは　たのしいか。……うまい　へたの判断《はんだん》　判定《はんてい》は　だれがするのだ」ということばが　胸《むね》のうちに去来《きょらい》します。

「そうだ　わたしは　だれのため　なんのために　祈っているのか」

いちばん重要《じゅうよう》なことを考《かんが》えたこともなく、忘《わす》れていたことに　気《き》づきました。ロマンは　小聖堂にかざられているイコンを　ひとつひとつ　注視《ちゅうし》しました。イエスのご生涯《しょうがい》、聖母子《せいぼし》、聖人《せいじん》　なんといっても　ロマンのこころをとらえてやまないのが、主《しゅ》の降誕《こうたん》のイコンでした。

ひざまずき　ロマンは　祈りました。

「うわの空《そら》で祈っていたじぶんが、浅《あさ》はかでした……　イエスの降誕祭。そう　じぶんは　だれのため　なんのために　救い主がこの地上に降誕されたのかを　憶《おぼ》えていませんでした。わたしは　じぶんのつらさにかまけて　神《かみ》の子《こ》の救《すく》い　じぶんがどれほど愛《あい》されているのかを　すっかり忘れていました。ああ主よ、マリアさま　わたしの愚《おろ》かさを　いさめてください。わたしは生《う》まれ変《か》わり　だれかのために尽《つ》くしたいのです。」

どれほどの時《とき》がたったのでしょうか。

どこかから　神秘的《しんぴてき》な調《しら》べがきこえてきます。聖堂の中心が明るくなります。聖障《イコノスタス》の門《もん》が　すうっとひらき、あたりが　うす桃色《ももいろ》の淡《あわ》い雲《くも》に満《み》ち　至聖所《しせいしょ》の奥《おく》からつづいている光《ひかり》の道《みち》を　マリアがあるいてきました。

呼《よ》ばれたように感《かん》じたロマンは、立《た》ちあがり、堂《どう》の中央《ちゅうおう》にすすみ　ひざまずきました。

「ロマンよ、さあ　天《てん》の糧《かて》を召《め》しあがりなさい。人《ひと》のことばではなく、神のことばによって生《い》きることを　わたしが祝福《しゅくふく》します」

神《かみ》の母《はは》マリアからの巻物《まきもの》を口《くち》にしたロマンは、感動《かんどう》と衝撃《しょうげき》に　ふるえました。電撃《でんげき》がロマンの心胆《しんたん》をふるわせ　精神《せいしん》が高揚《こうよう》しました。

聖堂内《せいどうない》の空間《くうかん》　すべてが充溢《じゅういつ》し　やまぶき色《いろ》に輝《かがや》き　噴火《ふんか》し　その炎《ほのお》のなかに　じぶんが生《い》きていることを痛感《つうかん》しました。

ふと、聖堂の扉《とびら》をみると　ギデオンが立ち「もうすぐ　主《しゅ》の降誕祭《こうたんさい》の聖体礼儀《せいたいれいぎ》がはじまる、急《いそ》ごう」、そういっていました。姿《すがた》のみえないロマンを心配《しんぱい》し、おおあわてで探《さが》したのでしょう。

ギデオンは不安《ふあん》げに　ロマンをみています。

聖《アギア》ソフィア大聖堂《だいせいどう》では、時課《じか》がおわろうとしていました。いそいで祭服《さいふく》をきて　聖所《せいしょ》に入《はい》ったロマンをみた　総主教《そうしゅきょう》は、「なにかが　変《か》わった」と思《おも》いました。遠《とお》くからですが、なぜか　光《ひか》ってみえます。ロマンの人間《にんげん》の芯《しん》のところ　人格《じんかく》が　ひと晩《ばん》のうちに　しっかりしてきたようにみえます。

聖体礼儀が進行《しんこう》し、主の降誕祭の讃詞《トロパリ》をうたう場面《ばめん》になりました。

するとロマンが立《た》ち　まえにすすみ　総主教の祝福をねがいました。

先輩《せんぱい》の堂役《どうえき》や誦経者《しょうけいしゃ》、副輔祭《ふくほさい》らが　いっせいに　いやな顔《かお》をしました。

総主教は　右手《みぎて》で　おおきく十字《じゅうじ》を画《か》き、ロマンを祝福します。

なんとロマンは　大聖堂の中央《ちゅうおう》　高壇《アムオン》に毅然《きぜん》として立ち、歓喜《かんき》に満《み》ちた表情《ひょうじょう》で高《たか》らかに　聖歌《せいか》を　うたいはじめました。
それは　清純《せいじゅん》な天使《てんし》の独唱《どくしょう》のようでした。

処女《しょじょ》は　いま　永在《えいざい》の　主《しゅ》を生《う》む
地《ち》は　載《の》せがたき者《もの》に　洞《ほら》を献《けん》ず
天《てん》の使《つか》い　牧者《ぼくしゃ》と共《とも》に　ほめ歌《うた》う
博士《はかせ》は　星にしたがいて　旅《たび》する
けだし　われらのために　永久《えいきゅう》の神《かみ》
みどり児《ご》として　生《う》まる

ここにつどい、祈りをささげる、たくさんのひとのこころ、思《おも》い、希《ねが》い、ゆるし、神《かみ》の佑《たす》けと安和《あんわ》をもとめる心身《しんしん》の熱情《ねつじょう》が、ロマンをつきうごかします。

きらめく聖歌

いやしと救《すく》い、信《しん》と愛《あい》、希望《きぼう》の光《ひかり》が、ロマンの聖歌にのりうつり、歌声《うたごえ》は　大聖堂の開放《かいほう》されている扉をつきぬけ、人《ひと》びとを感動《かんどう》の渦《うず》に巻《ま》きこんでいきました。

神の愛《あい》の実現《じつげん》を　ロマンは　祈り　歌います。

見よ、大聖堂の天蓋《ドーム》がひらき、天地《てんち》の境《さかい》が消《き》え、天《てん》の聖人《せいじん》と天使《てんし》が　ひとの心《こころ》の垣根《かきね》をとりはらい　時空《じくう》を超《こ》え　讃美《さんび》の歌をうたっています。

声は光となって　冬《ふゆ》の青空《あおぞら》　天空《てんくう》いっぱいをめぐります。

満面《まんめん》の笑顔《えがお》のロマンが　つづけてこの聖歌をうたうと、エウフェミオス総主教が　ロマンのすぐそばへ行《い》き　いっしょに歌いだしました。

すぐにほかの主教《しゅきょう》、司祭《しさい》、輔祭《ほさい》　ギデオン、全信仰者《ぜんしんこうしゃ》が　一体《いったい》となって　聖歌隊《せいかたい》になりました。

神の救いを祝讃《しゅくさん》する聖歌が　天《あま》の川《がわ》のように　きらめきながら　大聖堂を　そして全《ぜん》地《ち》にながれました。

聖樹《クリスマスツリー》伝《でん》説《せつ》

「春《はる》って　なんて　すてきなんでしょう」
森《もり》をながれる清流《せいりゅう》の飛《と》び石《いし》を　たのしげに歌《うた》をくちずさみながら　ぴょんぴょんとびこえてきたのは、赤茶色《あかちゃいろ》のカールした髪《かみ》をなびかせた　七歳《さい》くらいの少女《しょうじょ》でした。
朝陽《あさひ》に照《て》らされた　こまかな水《みず》しぶきが　紫水晶《むらさきすいしょう》のように　きらきらしています。
追《お》いかけてきたのは　生《う》まれたばかりの子《こ》やぎです。少女のからだを　くるくるまわり　はしゃいでいました。
おかあさんから　北《きた》の森《もり》に　はいってはいけない　そういましめられていましたが、一面《いちめん》の原生花園《げんせいかえん》、みごとな黄《き》いろいタンポポの絨毯《じゅうたん》に　こころをうばわれてしまいました。
森にちかづくにつれ、ヤブイチゲの白《しろ》い花、そして洋《よう》ナシのような形《かたち》の葉《は》をしげらせた　愛《あい》くるしいミスミ草《そう》の　白やむらさきの花もまじります。
ミスミ草は　春をよぶ花、雪割草《ゆきわりそう》ともいいます。森から、あのやかましいムクドリばかりではなく　コマドリ　ヒワ、ヤマバトのボーウボーウ　という　鳴《な》き声《ごえ》もきこえてきます。

東《ひがし》に　原生林《げんせいりん》がつづいています。このあたりは　広葉樹《こうようじゅ》と針葉樹《しんようじゅ》のまざる混合林《こんごうりん》です。南《みなみ》の方《ほう》には　オークが群生《ぐんせい》し　北にはトウヒ　さらにもうすこし北へいくと　もみの木《き》が繁茂《はんも》しています。

タンポポ畑《はたけ》を西《にし》へあるくと　白《しろ》つめ草《くさ》に埋《う》めつくされています。みつばち、くまばち、大小《だいしょう》のチョウやシジミが　むれ翔《と》んでいます。

夢中《むちゅう》になって　少女は　白つめ草のくびかざりを編《あ》みはじめます。おとうさん、おかあさんへのプレゼントです。子ヤギは　少女のそばで　若芽《わかめ》をはんでいましたが、満腹《まんぷく》し　すっかりくつろいだのか　ねころび　まあるくなりました。

少女は気《き》づきませんでしたが、白つめ草の群生地《ぐんせいち》をかこむように　ほそくて背《せ》の高《たか》いぱらぱら小粒《こつぶ》の　しろっぽい花を咲《さ》かせている草が生《は》えていました。

かさかさ　音がして　少女は　ぱっと　跳《は》ねあがりました。ブロンドの髪《かみ》の毛《け》　うす緑《みどり》いろの瞳《ひとみ》の　おない年《どし》くらいの少年《しょうねん》と　目《め》が合《あ》いました。

少年は　しろっぽい花を咲かせている　背の高い草を　根《ね》っこから引《ひ》きぬき　右手《みぎて》にもっていました。

一

ここはライン川《がわ》の支流《しりゅう》　ヘッセン地方《ちほう》の　山《やま》ふところです。

ゲルマニア（いまのドイツ）と称《しょう》される地方で、小川《おがわ》をはさみ　西側《にしがわ》には　おもにローマからの移民《いみん》と昔《むかし》からの地元民《じもとみん》がまじって暮《く》らし　東側《ひがしがわ》には　ゲルマン族《ぞく》の人《ひと》びとが暮《く》らしていました。

八世紀前半《せいきぜんはん》、ヘッセン地方は　キリスト教徒《きょうと》と　ほかの宗教《しゅうきょう》を信《しん》じる人びとが　混《こん》在《ざい》していました。

少年は　ゲルマン族でした。キリスト教を信仰《しんこう》しておらず、川《かわ》むこう　西岸《せいがん》の集落《しゅうらく》へは　行《い》かないよう　きびしく命《めい》ぜられていました。

反目《はんもく》し　激《はげ》しく争《あらそ》うような敵対関係《てきたいかんけい》では　ありませんでしたが、地域《ちいき》によっては　長《なが》い抗争《こうそう》の歴史《れきし》もあり、たがいに　かかわり合《あ》うのをさけている　そういう環境《かんきょう》にありました。

「なにをもっているの」

目《め》をまんまるに瞠《みは》らせた少女《しょうじょ》は、じぶんより　すこし背《せ》の高《たか》い少年《しょうねん》をみつめました。

面《めん》くらった少年は　もの怖《お》じしない少女を　見かえすばかりです。

「なんていうお花《はな》、おへやの花《か》びんにかざるには　ちょっとさびしいお花ね」


―――


「おかあさんへのプレゼントなのかしら」

ようやく少年は　気勢《きせい》をたてなおしました。

「おかあさんが　病気《びょうき》なんだ。これでお薬《くすり》をつくろうとおもって」

「お熱《ねつ》があるの、ベッドにねているの」

「こっちでは　疫病《えきびょう》がはやっているんだ。集落《しゅうらく》の　おばあさんが　野草《やそう》で　くすりをこしらえてくれるって」
いきなり　少女は　決断《けつだん》しました。
「ね、まってて。わたし、お医者《いしゃ》さんをつれてくる。すぐつれてくるから、ここにいて」
少年は、あっけにとられました。
初対面《しょたいめん》の少女、それもふだん交流《こうりゅう》のない　むこう岸《ぎし》のお医者をつれてくるというのです。
飛《と》び石《いし》を　かろやかにジャンプし　あっというまに　すがたを消《け》した少女を　きゃしゃで　ほそっこい脚《あし》の子《こ》やぎが　追《お》いかけていきました。
まっている少年の　すぐそばの小川《おがわ》で　マスがはねました。かわうそが　水《みず》に濡《ぬ》れた黒《くろ》いからだをしならせ　マスを捕《と》らえようとしていました。
おひさまが　南天《なんてん》に高《たか》くのぼりました。一時間《じかん》ほど　待《ま》ったでしょうか。少女が　さきにたって走《はし》り　飛び石ごしに手《て》をのばし　ひとりの修道女《しゅうどうじょ》を　わたらせました。

息《いき》をきらせている修道女は　五〇歳《さい》くらい。そでやすそが短《みじか》めの僧服《そうふく》を　きりりと着《き》こなし、淡《あわ》い灰《はい》いろのスカーフで　あたまをおおい、医薬品《いやくひん》のはいった革《かわ》ぶくろを背《せ》おっていました。

「もう、あなたというひとは」

少女にそういい　呼吸《いき》をととのえながら　修道女が、少年をみました。

ひと目《め》みて　少年は、信《しん》じました。

澄《す》んだ聡明《そうめい》な眸《ひとみ》、気品《きひん》あるたたずまいが　修道女を　かがやかせていました。

「はじめまして、修道女のリオバといいます。あなたのお名《な》まえは」

そう問《と》われ、少女と少年はおたがい　まだ名前も知らないことに気《き》づきました。口《くち》ごもった少年が、

「さっき、……たったいま会《あ》ったばかりで、その子《こ》の名《な》まえも知《し》りません」

首《くび》から背まで　すうっとのばした修道女が　わらいました。

「フィオルナ、この子は　フィオルナというの、洗礼名《せんれいめい》は　マリア」

「ゴドフリーです。この森《もり》の奥《おく》　むこうの村《むら》にすんでいます」

　少年の足《あし》もとにおいてある　根《ね》ごと引《ひ》きぬかれた草《くさ》を　修道女がみました。

「アンジェリカね、かぜの初期症状《しょきしょうじょう》に効《き》きます。おかあさんは、かぜなの　それとも流《は》行病《やりやまい》なの」

「はやり病だと　みんな　いってます、もう三日《みっか》も熱《ねつ》が下《さ》がらず、ねたきりです」

　ゴドフリーが　涙《なみだ》ぐみました。

「いきましょう、おかあさんを診《み》ます」

　ためらった少年の瞳《ひとみ》が　泳《およ》ぎました。

「でも、村《むら》のひとが……」

「神《かみ》さまの思《おぼ》し召《め》しです。ひとを救《すく》うことがわたしの使命《しめい》です。ご安心《あんしん》なさい」

　リオバが　少年の肩《かた》から背《せ》を　やさしくなでました。

「さあ、いきましょう、あなたが採《と》ったアンジェリカも　使《つか》いみちがあります。一面満開《いちめんまんかい》のこれら　タンポポも　薬になるんですよ」

リオバが　ゴドフリーにいいました。

フィオルナは、あわててタンポポをひきぬき、道《みち》も知《し》らないのに、少年のうでをひっぱりました。

「ね、おかあさんがまってるよ」

二

ゴドフリーの母《はは》サニーラは、族長《ぞくちょう》ダイガモンの妻《つま》でした。

ひとにすっと寄《よ》りそい、安心《あんしん》をあたえ　なおかつ　恩《おん》きせがましくない、リオバの温《あたた》かみが　サニーラばかりでなく　集落《しゅうらく》の疫病《えきびょう》にかかったひとを　いやしていきました。

川《かわ》の西岸《せいがん》からは、リオバの弟子《でし》、なんにんかの修道女《しゅうどうじょ》が　やってきました。

家庭《かてい》の衛生管理《えいせいかんり》、のみ水《みず》、トイレ、たべものなど、リオバたちの懇切《こんせつ》な指導《しどう》がゆきわたるようになりました。

フィオルナの母はじめ　リオバに影響《えいきょう》された女性《じょせい》たちも　応援《おうえん》にかけつけました。さいしょは　難色《なんしょく》をしめし　いやがっていた男《おとこ》たちも、女性が行《ゆ》き来《き》しやすいよう　がんじょうな石《いし》づくりの橋《はし》をかけてくれました。

橋づくりには、設計《せっけい》から完成《かんせい》まで　ひと月《つき》ほどかかりました。石工《いしく》や大工《だいく》、男たちが協力《きょうりょく》しあい、完成時《かんせいじ》には　両岸《りょうがん》の村《むら》びと　みんなが肩《かた》をたたき、わらい　よろこびました。

ありえないことが、実現《じつげん》したのです。

フィオルナとゴドフリーら、子《こ》どもの交流《こうりゅう》も　深《ふか》まりました。

女《おんな》の子は、おままごと、花輪《はなわ》・くびかざりづくり、山野草《さんやそう》とキノコがり、すこし年長《ねんちょう》の子らは編《あ》み物《もの》、刺繍《ししゅう》、お料理《りょうり》をならうようになりました。子《こ》どもの交遊《こうゆう》により　母親《ははおや》同士《どうし》のきずながつよくなりました。

ゴドフリーら男の子は、川《かわ》あそび、魚《さかな》とり、ワナをしかけてのウサギやリス猟《りょう》、森《もり》の探検《たんけん》などに興《きょう》じました。

リオバは、教室《きょうしつ》をつくり、両岸の集落で　読《よ》み書《か》きそろばんを教《おし》えるようになりました。リオバは　無理《むり》じいをしません。ほほ笑《え》みを絶《た》やさず　やさしく子どもたちに　語《かた》りかけます。

「みんなが仲《なか》よく　いっしょに学《まな》び　まじわることを　いつも喜《よろこ》びましょう。神《かみ》さまに絶《た》えず祈《いの》りましょう。どんなときにも　感謝《かんしゃ》を忘《わす》れないようにしましょう。そうしてわたしたちの信仰《しんこう》の火《ひ》　聖神《せいしん》（聖霊《せいれい》）の親《した》しみによる　活《い》ける生《せい》の火《ひ》を　燃《も》やしつづけましょう。根気《こんき》よく生《い》きることが大切《たいせつ》です」

「根気よく生きよう」

わんぱくな男の子たちが　連呼《れんこ》し　はやしたてます。フィオルナが　質問《しつもん》します。

「それは　だれのことばですか」

「わたしたちの先生《せんせい》、主教《しゅきょう》さまのことばです。わたしたちの敬愛《けいあい》する師《し》は、とってもあったかいひとです。根気よく生きよう、よくそうおっしゃいます」

恩師《おんし》の口《くち》ぐせと面影《おもかげ》をおもいだし、リオバが　ほほ笑《え》みました。

「リオバ先生の　先生なのですか」

「ええ。われらの神《かみ》、救《すく》い主《ぬし》イエス・キリストの降誕《こうたん》を祝《いわ》うお祭《まつ》り、クリスマスを祝《いわ》いに　先生がいらっしゃいます」

ゴドフリーがたずねます。

「先生のお名《な》まえは　なんというのですか」

「ボニファティウス主教さまといいます。もう七五歳《さい》ですが、それはもう　かくしゃくとして　勇気凜《ゆうきりん》りんのお方《かた》です」

「ボニファティウス」

様子《ようす》をみていた　老神官《ろうしんかん》ギリスグリドがにがにがしく　つぶやきました。

「ユルタイド、冬至祭《とうじさい》のころ、ボニファティウスがくるのだな」

嫌悪《けんお》と復讐《ふくしゅう》の炎《ほのお》をたぎらせた老神官が数人《すうにん》の弟子《でし》をひきい、その場《ば》をはなれながら、つぶやきました。

「ボニファティウス、リオバ、西岸の民、族長ダイガモンとその妻サニーラ、神がみを裏《うら》切《ぎ》ったかれらに　思《おも》いしらせてくれよう」

季節《きせつ》が冬《ふゆ》にかわり、粉雪《こなゆき》の舞《ま》うある日《ひ》　ボニファティウスの一行《いっこう》が到着《とうちゃく》しました。リオバや西岸の民《たみ》の大歓迎《だいかんげい》をうけているころ、ふたりの子《こ》ども　フィオルナとゴドフリーが　行方不明《ゆくえふめい》になりました。数人《すうにん》の男《おとこ》に　さらわれたのです。ゴドフリーの母《ぼ》サニーラが、髪《かみ》をふり乱《みだ》し　泣《な》き顔《がお》で　リオバの足《あし》もとに倒《たお》れこみました。
事情《じじょう》をきいた　ボニファティウスとリオバ、そして多《おお》くのひとが　いそいで石橋《いしばし》をわたったところに、族長ダイガモンとその一族《いちぞく》が　待《ま》っていました。ボニファティウスは　かれらとともに、北《きた》の森《もり》の奥《おく》、太古《たいこ》より　ユルタイド、冬至祭のおこなわれている

森の広場《ひろば》へと　走《はし》りました。

三

何百年《ねん》も　整備《せいび》されているのでしょう。森《もり》の奥《おく》の広場《ひろば》には、みじかく刈《か》られた下草《したくさ》しかありません。その枯《か》れた下草も　乱暴《らんぼう》にふまれたためか　ドロにまみれています。
広場《ひろば》の中央《ちゅうおう》にならび立《た》っているのは、高《たか》さが四〇メートルあまり、直径《ちょっけい》が三メートル以上ある　巨木《きょぼく》　二本《にほん》でした。
北《きた》に　もみの木《き》、南《みなみ》に　オークです。
木《き》のまわりには　太《ふと》いロープが　幾重《いくえ》にもまかれ、東西南北《とうざいなんぼく》　根《ね》のちかくに　ふかい穴《あな》が掘《ほ》られています。穴のそばには　ひらたい石《いし》が敷《し》かれ、ロープにしばられた子《こ》どもが　おかれています。
もみの木のほとりに　ゴドフリー、オークには　フィオルナです。子どものそばには鉄槌《ハンマー》がありました。

　木をとり囲《かこ》むよう円形《えんけい》におかれたかがり火《び》が、星《ほし》の光《ひかり》を　焼《や》きほろぼさんばかりに燃《も》えあがっています。

　ボニファティウスは、老神官《ろうしんかん》ギリスグリドと　そのまわりに集《あつ》まっている弟子《でし》、数十人《にん》の群衆《ぐんしゅう》を確認《かくにん》しました。

　激昂《げきこう》した族長《ぞくちょう》ダイガモンが　けわしい声で　神官につめよりました。

「なんのための　いけにえだ。いまや疫病《えきびょう》も終熄《しゅうそく》し、戦禍《せんか》もない。だれのための　いけにえなのか」

　きいたすべてのひとが　ひざまずくような　すごみのある声で　老神官が　こたえます。

「みよ、最高神《さいこうしん》オーディンをまつる　もみの巨木も、破壊神《はかいしん》トールをまつる　オークの巨木も　怒《いか》りにふるえている。われらの聖地《せいち》に　キリスト教徒《きょうと》を　みちびきいれ、われらの掟《おきて》　生活《せいかつ》を　おまえたちは　破壊《はかい》している。夜《よ》が明《あ》け　太陽《たいよう》の昇《のぼ》るまえに　神聖《しんせい》なる儀式《ぎしき》を執《と》り行《おこな》わねばならない」

弟子と群衆が　老神官の呪文《じゅもん》のリズムに合《あ》わせながら　そこごもりする声で　うたっています。

「きたれ　ワルハラ。しりぞけ　ニフルハイム」

耳《みみ》をこらすと　そうきこえてきます。

ワルハラとは　神《かみ》がみのために戦《たたか》い　死《し》んだ栄誉《えいよ》ある勇士《ゆうし》がゆく天国《てんごく》、最高神オーディンがいとなむ楽園《らくえん》の地《ち》です。

ニフルハイムとは、悲《かな》しみにあふれ濃霧《のうむ》と極寒《ごっかん》につつまれた死者《ししゃ》のいる、絶望《ぜつぼう》の国《くに》だとされています。

「神がみを愚弄《ぐろう》し　異教徒《いきょうと》と戦わぬものどもよ、神の怒《いか》りと呪《のろ》いをまねかぬため、われらゲルマン族《ぞく》の栄光《えいこう》と未来《みらい》のため　いけにえをささげようぞ。オーディンよ、トールよ、昇《のぼ》りゆく朝陽《あさひ》を　けがれを知《し》らぬ子らの血《ち》で　赤《あか》く染《そ》め、わが民族《みんぞく》の未来永劫《みらいえいごう》の永福《えいふく》を祈願《きがん》しよう」

――悲鳴《ひめい》が　あがりました。

神官の弟子が、子どものあたまへ　おおきな鉄槌をふりあげた　その瞬間《しゅんかん》。

老神官の演説中《えんぜつちゅう》　そっとまわりこんでいたゴドフリーの友《とも》　わんぱく少年数人《しょうねんすうにん》が　かれらに体当《たいあ》たりしました。

鉄槌を　かざしていた神官の弟子ふたりが　バランスをくずし　ひっくり返《かえ》りました。

勇敢《ゆうかん》にも　フィオルナとゴドフリーの母《はは》が　飛《と》びこみざま　わが子を抱《だ》きあげ　族長《ぞくちょう》ダイガモンと　集落《しゅうらく》の人《ひと》びとのなかに逃《に》げこみました。

ダイガモンが右手《みぎて》をあげると、族長に味方《みかた》するゲルマン族の勇士《ゆうし》が　短弓《たんきゅう》に矢《や》をつがえ、剣《けん》や斧《おの》をかまえて　老神官らと対峙《たいじ》しました。

「背教者《はいきょうしゃ》ども、ゆるさん」

老神官を奉《ほう》ずるグループも　武器《ぶき》を手《て》にし　敵対《てきたい》しました。

一触即発《いっしょくそくはつ》の危機《きき》です。

そのとき　フィオルナとゴドフリーが　いきりたつ人波《ひとなみ》をすりぬけ　にらみ合《あ》う双方《そうほう》のあいだで　習《なら》いはじめたばかりの聖歌《せいか》を　うたいました。

キリスト　生《う》まる　あがめ　ほめよ
キリスト　天《てん》よりす　むかえよ

たどたどしい聖歌、清《きよ》らかな声《こえ》が　ひびきはじめました。さきほどのゲルマン族のうなり声のような呪文ではなく、しずかで流麗《りゅうれい》な天使《てんし》の調《しら》べです。

キリスト　地《ち》にあり　上《あ》がれよ
地　こぞって　主《しゅ》に　うたえよ

いつのまにか　ボニファティウスも　リオバたちも　聖歌をうたいはじめます。

ひとびとよ　たのしみて　あがめ　ほめよ
かれ　光栄《こうえい》を　あらわしたればなり

リオバは　木《き》の十字架《じゅうじか》を両手《りょうて》にささげもち　みなの先頭《せんとう》に立《た》ちます。こどもたちが　手《て》をつないで　くりかえし歌いながら　つづきます。十字行《じゅうじこう》、十字架を先頭《せんとう》にした聖《せい》なる行進《こうしん》です。

たいまつの火をかざした　ボニファティウスの弟子、修道士《しゅうどうし》や修道女《しゅうどうじょ》、洗礼《せんれい》をうけた集落《しゅうらく》の民《たみ》が　林立《りんりつ》する武器《ぶき》のあい間《ま》を　祈《いの》りながら　あゆみました。

ボニファティウスは、歌いながら祈り、木のまわりに聖水《せいすい》をまきました。いけにえの血がながされた穴にも　聖水をそそぎ清《きよ》めます。

乳香《にゅうこう》の甘《あま》くてやさしい香《かお》りが　祝福の紫雲《しうん》となって　冷気《れいき》をあたためました。

祈り終《お》えたボニファティウスは、巨木に十字をかいて祝福し、接吻《せっぷん》しました。

「キリスト　生《う》まる」

「あがめ　ほめよ」

歓喜《かんき》の交唱《こうしょう》が　森にこだまします。

ボニファティウスは　真昼《まひる》のように明《あか》るく照《て》らす　かがり火をまえで　話《はな》しだしました。

「無辜《むこ》のいけにえをささげ、疫病《えきびょう》、戦禍《せんか》、地震《じしん》、山火事《やまかじ》、水害《すいがい》、飢饉《ききん》は　なくなりましたか。子どものいのちをうばい、子どもを殺害《さつがい》しつづけ　わたしたちは　平和《へいわ》に　幸《しあわ》せに　生《い》きることができますか」

老主教《ろうしゅきょう》が　なごやかな　まなざしで　みまわします。

「父《ちち》よ　母《はは》よ、祖父《そふ》よ　祖母《そぼ》よ。わが兄弟《きょうだい》　姉妹《しまい》　同胞《はらから》よ。神の　いのちを　ともに生き、真《まこと》の幸《しあわ》せをつかみましょう」

リオバも　きれ長《なが》の目《め》に涙《なみだ》をたたえながら、うったえました。

「わたしたちは　石《いし》で橋《はし》をつくりました。あれこそ　平和《へいわ》と愛《あい》のかけ橋、ラテン人《じん》もゲルマン族もありません。神の家族《かぞく》がここにいます」
老神官と弟子らは　がっくり　ひざまずきました。
「なぜだ、オーディンよ、トールよ、キリスト教の神に屈《くっ》するのか。いま　このとき
怒りと呪いの雷《いかづち》の鉄槌は　いずこにありや」
ダイガモンが　目《め》が覚《さ》めたように　断言《だんげん》します。
「こんな巨木があるからいけない。ご神体《しんたい》の木があるために　無垢《むく》の子らがどれほど
殺《ころ》されたことか。わたしの長男《ちょうなん》も　いけにえとなった。わたしは……これらを切《き》り倒《たお》
そう」

「族長ダイガモンよ、生《う》まれつきの悪人《あくにん》がいないように、この木が悪《わる》いのではありませ
ん。神《かみ》が善《よ》きものとして創造《そうぞう》した木を　ひとが悪用《あくよう》していたのです」
清冽《せいれつ》な瞳《ひとみ》の　ボニファティウスが、語《かた》りかけます。
「神の祝福されし大地《だいち》に、悪《あ》しきものはなく　すべて　善《ぜん》なるものです。わたしたちは

聖《せい》なるものへと変容《へんよう》し　新《あら》たなるいのちを得《え》　かならず復活《ふっかつ》します。イエス・キリストの降誕《こうたん》が　生《う》まれつきの悪人《あくにん》がおらず、生《い》き直《なお》すことができることを証《あかし》します」

光《ひかり》の使徒《しと》は　両手《りょうて》を　高《たか》くさしのべました。

「主《しゅ》よ、降誕の主よ。これらの木と　大地と　われら　神の民《たみ》を祝福なさってください。これらの木は　神の子　救い主の降誕を祝う　祝福されしクリスマスツリーに　生まれかわります」

リオバたちが「アミン」と　こたえました。

「主よ、平和をもたらし　愛をなしとげる　いのちの木を　どうか祝福なさってください。いまは　まさに神の子の降誕のとき、われらのうちにキリストが誕生《たんじょう》される日《ひ》、おお、天より恵みの光をあらわしたまえ」

「キリスト　生まる」

「あがめ　ほめよ」

「アミン　アミン　アミン」

信仰者《しんこうしゃ》のたいまつが　天《てん》へ弧《こ》をえがき　虹《にじ》のひかりとなって　わたっていきました。
そのこころの灯《ひかり》をうけた　みちびきの星が　いのちの木と　つどえる人びとを　照《て》らしていました。

オーロラに照《て》らされて

音《おと》が　ありません。
風《かぜ》が　とまっていました。
月《つき》のない天空《そら》は、未踏《みとう》の深海《しんかい》のようでした。
しろい雪明《ゆきあ》かりの　まん中《なか》　旅《たび》びとは、ひとり　でした。
極天《きょくてん》からの透《す》きとおる風《かぜ》を　感《かん》じた瞬間《しゅんかん》、からだごと　無重力《むじゅうりょく》の世界《せかい》へすくわれる
ような　感動《かんどう》を　おぼえました。
(無限《むげん》の　暗夜《よる》は　ない)
そう想《おも》ったとき、漆黒《しっこく》の夜《よ》ぞらに　星《ほし》が　ひとつ　かがやきました。
やがて　天地《てんち》が　割《わ》れ　四極《しきょく》の閃光《せんこう》が　ほうき星《ぼし》のように　投映《とうえい》されました。
さんご礁《しょう》の波間《なみま》のような碧《あお》、新緑《しんりょく》からしたたる翠《みどり》、豊潤《ほうじゅん》な深紅《しんく》のぶどう酒《しゅ》いろの
華麗奔放《かれいほんぽう》なカーテンが、蜃気楼《しんきろう》のような雪原《せつげん》に　おりてきました。
寒《さむ》さもわすれ　旅《たび》びとは　みとれました。

(厳寒《げんかん》の　凍土《とうど》で　わたしは　いま、神に出会《であ》った)
　神《かみ》の使《つか》いのゆびづかいが　天《てん》の機織《はたお》りを　自由自在《じゆうじざい》にあやつり、つむがれる金糸《きんし》が
ゆるやかに　波《なみ》うちます。
「希《のぞみ》をかなえる　ひかり」
　旅びとは　信《しん》じました。
　オオカミの遠《とお》ぼえが　とおいどこかの森《もり》から　ひびいてきます。
　哀愁《あいしゅう》をおびる　切《せつ》ない声《こえ》をきいた　そり犬《けん》が、つぎつぎに顔《かお》をあげ　宇宙《そら》のとびらを
たたくように　遠ぼえをかえしています。
　オーロラに照《て》らされ　犬とオオカミの　ほのめく遠声《えんせい》のなか　インノケンティは　立《た》ちあがり、防寒《ぼうかん》フードから　目《め》とはなと口《くち》だけをのぞかせ、孤絶《こぜつ》の地《ち》で　祈《いの》りはじめました。

一

一八二四年夏《ねんなつ》、インノケンティは　シベリアのイルクーツクから、アリューシャン（アレウト）列島《れっとう》のウナラスカ島《とう》へ移住《いじゅう》しました。妻《つま》と六人《ろくにん》の子《こ》どもがいました。

労苦《ろうく》をいとわないインノケンティは、オノやノコギリといった大工道具《だいくどうぐ》を手《て》にし、家族《かぞく》のすむ丸木《まるき》小屋《こや》をつくりました。

つづいて二年後《ねんご》の一八二六年夏、信徒《しんと》といっしょに　木造《もくぞう》の「救主《きゅうしゅ》の昇天聖堂《しょうてんせいどう》」を建設《けんせつ》しました。

キリスト教《きょう》（正教会《せいきょうかい》）の福音宣教《ふくいんせんきょう》の理想《りそう》に燃《も》えるインノケンティは、徒歩《とほ》で　あるいはウマや馬車《ばしゃ》、また船《ふね》をのりついで　点在《てんざい》している信徒家庭《しんとかてい》を、アリューシャンの島《しま》を巡回《じゅんかい》しました。

冬《ふゆ》には　犬《いぬ》ぞりもつかいました。

犬ぞりは　イルクーツクでも　のりなれていました。
シベリアでは、シベリアンハスキーが　使役犬《しえきけん》として活躍《かつやく》していますが、ここでは、アラスカンマラミュートが多用《たよう》されていました。

これらの犬は　オオカミの血《ち》をうけついでいるといわれ、野性的《やせいてき》な風貌《ふうぼう》をそなえ、ご主人《しゅじん》への忠誠心《ちゅうせいしん》に富《と》み、耐久力《たいきゅうりょく》・持久力《じきゅうりょく》にもすぐれていました。

ウナラスカ島から東へすすむと、アクタン島、アクン島という小島《こじま》のつぎに　ウニマク島という　ウナラスカ島よりも　ひとまわり大《おお》きな島がありました。

広大《こうだい》な巡回地《じゅんかいち》を管轄《かんかつ》する神父《しんぷ》は、各地《かくち》で何回《なんかい》も　たとえば　主《しゅ》の降誕祭《こうたんさい》を祝《いわ》います。

例年《れいねん》、厳寒《げんかん》の一二月《がつ》から三月ころまでは海《うみ》が荒《あ》れ、操船《そうせん》がむずかしいため　島めぐりができません。

しかしウニマク島にすむ　アリュート人《じん》の信徒から　わが家《や》へきて　村《むら》びといっしょにクリスマスを祝《いわ》ってほしい、という懇願《こんがん》がきました。

二

ウナラスカには　アリュート人《じん》の信徒《しんと》　ゲンナディがいました。ひとなつっこい漁師《りょうし》・猟師《りょうし》ゲンナディは、犬《いぬ》ぞりを　仕《し》たててくれました。

ゲンナディは　たどたどしいロシア語《ご》で、インノケンティは　おぼえたばかりのアリュート語で　会話《かいわ》をします。

「ウニマク島へわたる　うまい方法《ほうほう》が　ひとつあります」

たくわえたゴマヒゲをゆすりながら　ゲンナディが、陽《ひ》にやけた顔《かお》をほころばせます。

「氷結《ひょうけつ》した雪原《せつげん》を　犬ぞりでわたるのです」

ゲンナディが　くわしく説明《せつめい》します。

「ウナラスカ島からウニマク島までの海岸線《かいがんせん》が　流氷《りゅうひょう》にうめつくされ、氷原《ひょうげん》が出現《しゅつげん》することがあります。なん年《ねん》かに一度《いちど》のことです。アラスカ本土《ほんど》の川《かわ》の河口《かこう》から、あるいはアリューシャン列島北《れっとうきた》の北極海《ほっきょくかい》から流《なが》れてくる大《おお》きな流氷《りゅうひょう》が、気候《きこう》や海流《かいりゅう》の影響《えいきょう》なのでしょうが、島《しま》の北《きた》の海岸にたどりつき　氷《こおり》と雪《ゆき》の野原《のはら》をつくります。それを利用《りよう》するのです」

「これから流氷の接岸《せつがん》がありそうだと……」

「そりには猟銃《りょうじゅう》を一丁《いっちょう》用意《ようい》しときます」

「……」

「神父《しんぷ》さま、そんなにおどろかないでください。シベリアではオオカミがいたでしょう。ここにはシロクマ、北極《ほっきょく》グマがいます。流氷にのってやってくるんです。アザラシを追《お》いかけて」

インノケンティは、うなずきました。

「撃《う》ちかたは　おしえます。なに、護身用《ごしんよう》です。おそらく使《つか》わなくてすみます」

氷原ができたら、犬ぞりを仕たて、仲間《なかま》といっしょにいくのだ、うれしそうにいいました。

「アザラシ猟《りょう》です。ときどきあいつらは、呼吸《こきゅう》のため、あるいは天気《てんき》のいい日《ひ》にはひなたぼっこのために、氷《こおり》の穴《あな》から出《で》てきます。そこをねらいます。神父さま、ねんのため　シロクマが目《め》のまえに　あらわれたときの対処法《たいしょほう》も　伝授《でんじゅ》しますね」

インノケンティは、信徒《しんと》や家族《かぞく》の心配《しんぱい》をよそに　ウニマク島へわたる決意《けつい》をかためました。ゲンナディの予想《よそう》どおり、一月七日救主《きゅうしゅ》の降誕祭《こうたんさい》の日《ひ》、流氷群《りゅうひょうぐん》が　島の北海岸《きたかいがん》に接岸しました。

港《みなと》の高台《たかだい》から　みごとな氷原が一望《いちぼう》できます。準備《じゅんび》をととのえたインノケンティは、祈祷聖具《きとうせいぐ》、防寒用品《ぼうかんようひん》、飲食物《いんしょくぶつ》などをそりにのせ、八頭《はちとう》の精悍《せいかん》なアラスカンマラミュートといっしょに　旅《たび》だちました。

三

ゲンナディは　星《ほし》の名まえを、犬にあたえています。

アルデバラン、シリウス、オリオン、カシオペアなどです。

早朝《そうちょう》　ウナラスカを出発《しゅっぱつ》し、海岸《かいがん》ぞいをすすみます。二、三〇分走《ふんはし》っては　休息《きゅうそく》します。シベリアの氷原《ひょうげん》とちがい、流氷《りゅうひょう》には　氷《こおり》と氷のつなぎめ、境《さかい》が割《わ》れていることがあります。

ふかい裂《さ》けめであったり、落《お》ちれば氷点下《ひょうてんか》の海《うみ》であったりします。死《し》の危険《きけん》があるため、氷と雪《ゆき》のクレバスを　慎重《しんちょう》にさけました。

流氷のうえで野営《やえい》しないよう　ゲンナディは　すすめました。熟睡中《じゅくすいちゅう》に　流氷《りゅうひょう》が離岸《りがん》し　海上《かいじょう》を漂流《ひょうりゅう》することが　まれにあるといいます。

インノケンティは　夕方《ゆうがた》　島《しま》に上陸《じょうりく》し、野営場所《ばしょ》を探《さが》しました。

四日《よっか》めの夕方《ゆうがた》、ようやくウニマク島《とう》の北西《ほくせい》海岸に上陸しました。一路《いちろ》、内陸部《ないりくぶ》をめざしたいと思《おも》いましたが、まずは休息《きゅうそく》と夕食《ゆうしょく》です。

浜辺《はまべ》から、丘《おか》をこえ、キャンプします。疲《つか》れていたせいか、ひとりと八頭《はちとう》の犬《いぬ》は、冬《ふゆ》の星《ほし》に見《み》まもられて安眠《あんみん》しました。

翌朝《よくあさ》、朝《あさ》の祈《いの》りをささげ　かんたんな朝食《ちょうしょく》　さあ出発《しゅっぱつ》だ、そう思《おも》ったとき　ハーネスを装着《そうちゃく》した犬の様子《ようす》が一変《いっぺん》しました。はなにしわをよせ、耳《みみ》をふせ、前傾姿勢《ぜんけいしせい》になり、背《せ》をそらせながら歯《は》をむき、うなりだしました。

丘の北《きた》、真冬《まふゆ》の強風《きょうふう》にあおられ　南《みなみ》むきにかたむき　たおれたままの木立《こだち》のむこうに　白《しろ》い影《かげ》がうつりました。おおきなシロクマが　おたがいの息《いき》づかいのうかがい知《し》れる　数十歩《すうじゅっぽ》の距離《きょり》にいます。

「しぃっ」

インノケンティは　犬に　うなり声《ごえ》をやめ　だまるよう　指示《しじ》しました。犬ぞりの操《マッ》縦者《シャー》、インノケンティを信頼《しんらい》し、待機《たいき》の姿勢《しせい》をとりますが、犬は　シロクマから目《め》をはなしません。

インノケンティは、シロクマの背後《はいご》の　二頭《にとう》の子《こ》グマをみつけました。子グマを守《まも》るため　母《はは》グマがあたりを警戒《けいかい》していることがわかります。シロクマが、顔《かお》をそむけ、海《うみ》の方《ほう》を見《み》ました。なにかが　気《き》になるようです。しきりに　においをかいでいましたが、急《きゅう》に向《む》きをかえ、木立《こだち》のおくへひき返《かえ》しました。

「まて」

犬に命《めい》じたインノケンティが、走《はし》りのぼり、丘からみまわしました。

（くる）

直感《ちょっかん》です。シベリアでいく度《たび》も経験《けいけん》しました。いそぎ丘を下《くだ》り、すべてのハーネスを点検《てんけん》、二頭《にとう》ずつセットにしてそりに引《ひ》き綱《づな》をむすびつけ、シロクマの逃《に》げたおなじ方《ほう》角《がく》へ　いっさんに奔《はし》りました。

「あれを　さける場所《ばしょ》を　みつけなければ」

そういいながら、ちいさな山《やま》ふところをみつけ、そこに飛《と》びこみ、「あれ」にそなえました。

いつしか風《かぜ》がとまり　小鳥《ことり》も鳴《な》きません。

静《しず》かです。

山ふところに雪洞《せつどう》をほり、必要《ひつよう》な飲食物《いんしょくぶつ》と防寒具《ぼうかんぐ》、寝袋《ねぶくろ》などを雪洞にうつします。犬に干《ほ》し肉《にく》をあたえ、そりが飛ばされないよう固定《こてい》し、そりにシートを二重《にじゅう》にかけました。それから雪洞へはいり、内側《うちがわ》に毛布《もうふ》、外側《そとがわ》になめし革《がわ》のシートをはって出入《でい》り口《ぐち》を封鎖《ふうさ》し、これで安心《あんしん》と、ひとり言《ごと》をいったとたん、ついに　あれがきました。

雪嵐《ブリザード》。

地上《ちじょう》のすべてをそぎ削《けず》るかのような強風《きょうふう》が、流氷《りゅうひょう》に埋《う》まった氷原《ひょうげん》から陸地《りくち》へと、猛烈《もうれつ》に吹《ふ》き荒《あ》れました。丘陵《きゅうりょう》の木立《こだち》をぬけるとき、耳《みみ》ざわりな　金属音《きんぞくおん》がします。外《そと》は　ホワイトアウトです。

まる一日《いちにち》　すさまじい猛威《もうい》をふるったブリザードが　去《さ》りました。

雪洞からインノケンティが外《そと》へでると、ぼんやりした雪明《ゆきあ》かりの　幻想的《げんそうてき》な世界《せかい》がひろがっていました。

おもわず雪をわしづかみ　のどを　うるおしました。シベリアとアリューシャンの雪は　おもさも　味《あじ》も　ちがうように　感《かん》じました。

野地坊主《やちぼうず》のような　雪のかたまりがほどけ　ぽつぽつ　からだをおこした犬が　あまえながら　インノケンティに　まとわりついてきます。

——そのとき。

あの想像《そうぞう》を絶《ぜっ》する　神妙《しんみょう》なるオーロラを　目《ま》のあたりにしたのです。

あさ、インノケンティが犬ぞりの出発準備《しゅっぱつじゅんび》をしていたとき、またもや犬が　うなりはじめました。インノケンティが　犬を「しずかに」と制《せい》したとき　視野《しや》のはしにシロクマの親子《おやこ》がうつりました。おなじ場所で、ブリザードを　やりすごしていたのでしょう。

インノケンティは　ふくろから干し肉をとりだすと、ほほ笑《え》みをうかべながら　シロクマに近《ちか》づき、そおっと　雪のうえに　干し肉三つをおきました。

ふんふん　はなを鳴《な》らした母シロクマが干し肉をたべると、子グマたちも　あわててむしゃぶりつきました。それからシロクマの親子は、アザラシのいるであろう海岸のほうへ　あゆみさりました。

インノケンティは　神《かみ》の不思議《ふしぎ》な摂理《せつり》をおもいました。

地図《ちず》とコンパスで、森《もり》の雪道《ゆきみち》を確認《かくにん》しながら、犬ぞりの旅《たび》がつづきます。なかなか目標《もくひょう》とする家《いえ》にたどりつきません。

「そろそろの、はずなんだが」

つぶやきながら、インノケンティが　犬を激励《げきれい》します。

野営する場所を探《さが》そう、あすには目的《もくてき》の家につくだろう、そう思ったとき、遠《とお》くにかがり火《び》が見《み》えました。

「おーい、おーい」、呼《よ》び声《ごえ》がきこえてきます。

「神父《しんぷ》さま、まっておりました」

老若男女《ろうにゃくなんにょ》、数十人《にん》のクリスチャンが、手《て》に手にたいまつを、道ばたにかがり火《び》をもやし、うれしそうに叫《さけ》び　はしってきます。

インノケンティは、犬ぞりをとめると、はつらつと降《お》りたち　おお声《ごえ》で　祝福《しゅくふく》しました。

「キリスト　生《う》まる」

破顔一笑《はがんいっしょう》、森《もり》にこだまするほどの大声《たいせい》で　みんな　こたえます。

「あがめ　ほめよ」

四

一九四〇年《ねん》一二月《がつ》　サンクトペテルブルグ　カザンの生神女聖堂《しょうしんじょせいどう》において　インノケンティは「カムチャツカ・クリル・アリューシャンの主教《しゅきょう》」に叙聖《じょせい》されました。
妻《つま》と死別《しべつ》し、子《こ》らが巣《す》だったインノケンティは、ひとり　アラスカ西南部のシトカを拠点《きょてん》に、福音宣教《ふくいんせんきょう》の旅《たび》をつづけます。

たとえば　一八四二年五月　シトカを出発《しゅっぱつ》し、八月　カムチャツカのペトロパブロフスクに到着《とうちゃく》、その周辺《しゅうへん》を巡回宣教《じゅんかいせんきょう》しました。

一一月の降雪《こうせつ》をまち　犬ぞりを駆《か》って　カムチャツカを五千キロ以上　旅し、四三年四月　オホーツクにつきました。さらに約《やく》四か月《げつ》　付近《ふきん》をまわり　聖堂《せいどう》で祈《いの》り　信徒《しんと》を教導《きょうどう》したのち、ようやくシトカへ帰着《きちゃく》しました。

インノケンティは、こうした遠路《えんろ》の旅を三度もおこない、あるときには　海路《かいろ》　千島《ちしま》諸島《しょとう》（クリル諸島）をも　まわっています。

シベリアは　零下《れいか》四〇度《ど》をしたまわる極寒《ごくかん》の地《ち》。

この時代《じだい》　インノケンティはじめ、多《おお》くの宣教者《せんきょうしゃ》が　シベリアやアラスカで　いのちがけの伝道旅行《でんどうりょこう》をしていました。

一八五〇年、五三歳、大主教《だいしゅきょう》に昇叙《しょうじょ》したインノケンティは、シベリアのヤクーツクへと　うつりました。

一八六〇年一一月、雪《ゆき》がふりはじめ、永久凍土《えいきゅうとうど》の原野《げんや》は　真《ま》っ白《しろ》です。インノケンティは、犬ぞりの旅が好《す》きでした。

夏《なつ》には　あたり一面《いちめん》　真《ま》っ黒《くろ》な霧《きり》のように発生《はっせい》するウンカ、やぶカの襲来《しゅうらい》もなく、からだの沈《しず》むふかい湿地《しっち》、底《そこ》なし沼《ぬま》にも　おびえずにすむからです。

もう六四歳になっていましたが、まわりにとめられるのもきかず、犬ぞりを準備《じゅんび》し、ヤクーツクから伝道《でんどう》の旅に出発《しゅっぱつ》です。

八頭《はちとう》の犬のなかには、アラスカからつれ帰《かえ》った　アラスカンマラシュートの子《こ》もまじっていました。すっかり成犬《せいけん》となり　むれのリーダー犬《けん》になっています。

ヤクーツクから南下《なんか》してカムチャツカへ、西北《せいほく》へ梶《かじ》をきってアムール川周辺域《がわしゅうへんいき》へと旅がつづきます。

年《とし》が明《あ》け、ニコラエフスクという町《まち》にはいりました。ここで一月七日　救《すく》い主《ぬし》イエスの降誕祭《こうたんさい》を祝《いわ》います。周辺《しゅうへん》の村《むら》や集落《しゅうらく》から、

「インノケンティ大主教さまと　いっしょに祈《いの》るため」

おおくの信徒《しんと》があつまってきます。

しもやけした赤茶色《あかちゃいろ》の　インノケンティの手《て》の甲《こう》に接吻《せっぷん》する信徒は、

「キリスト　生《う》まる」

と祝福《しゅくふく》する　あたたかなあいさつをうけ、

「あがめ　ほめよ」

そうこたえられる　よろこびに　みなわらい、表情《かお》をゆるませ　ほころびます。

「いちばん勇気《ゆうき》づけられ、生《い》きる希望《きぼう》を恵《めぐ》まれているのは　わたしだ」

インノケンティは　痛感《つうかん》します。

主《しゅ》の降誕祭《こうたんさい》　聖体礼儀《せいたいれいぎ》。
インノケンティの十字架《じゅうじか》による　祝福をうける　参祷者《さんとうしゃ》のながい列《れつ》のなかに　わかい　ひとりの修道司祭《しゅうどうしさい》が　まじっていました。雪やけを体験《たいけん》して日《ひ》が浅《あさ》いのでしょう、はなのあたま、ほほ、おでこが　真《ま》っ赤《か》です。白面《はくめん》の貴公子《きこうし》が　生《う》まれて初《はじ》めて雪国《ゆきぐに》にきた　そういう印象《いんしょう》です。

その教会《きょうかい》の年老《としお》いた司祭《しさい》が、修道司祭を紹介《しょうかい》します。

「ニコライ・カサートキン、サンクトペテルブルグ神学大学《しんがくだいがく》を卒業《そつぎょう》し、夏《なつ》に修道司祭に叙聖《じょせい》されました。この春《はる》、日本《にほん》へ赴任《ふにん》する前途有望《ぜんとゆうぼう》の司祭です」

祝賀会場《しゅくがかいじょう》でも　インノケンティにあいさつに訪《おとず》れるひとは　途切《とぎ》れません。どれだけの体力《たいりょく》があって、ひとの輪《わ》のなかにいられるのか、心配《しんぱい》し　驚嘆《きょうたん》してしまうほど、インノケンティは　笑顔《えがお》を絶《た》やしません。

なつかしいひと　おもいでの顔《かお》……、赤《あか》ちゃんの洗礼《せんれい》、子《こ》どもの結婚《けっこん》、就職《しゅうしょく》、旅行《りょこう》、病気《びょうき》や老《お》い、家族《かぞく》や友人《ゆうじん》の永眠《えいみん》などなど。インノケンティは　いろいろな話《はなし》に耳《みみ》をかたむけ、うなずき、ときには笑《わら》い、深刻《しんこく》な話《はなし》にはユーモアあふれる語《かた》り口《くち》とほほ笑《え》み、ときには涙《なみだ》ぐみます。信徒によりそう牧者《ぼくしゃ》が　ここにいます。

その光景《こうけい》を　うらやましそうに　じいっとみていたのが、修道司祭ニコライでした。感《かん》に堪《た》えたように　インノケンティをみています。

祝宴《しゅくえん》をおひらきにする閉会祈祷《へいかいきとう》がおわり、ほっとした空気《くうき》がながれます。

いつのまに横《よこ》に立《た》っていたのでしょう。インノケンティがわかい修道司祭に、「すこし歩きませんか」、声《こえ》をかけました。

昼《ひる》をすぎて気温《きおん》があがったとはいえ、外《そと》は　氷点下《ひょうてんか》一〇度《ど》くらいです。ふたりは防寒《ぼうかん》着《ぎ》を身《み》にまとい、インノケンティの案内《あんない》であるきはじめました。

ニコライは、尊敬《そんけい》するインノケンティに　じぶんの生《お》いたち、ゴロウニンの『日本俘《にほんふ》虜実記《りょじつき》』をよみ感動《かんどう》したこと、公募《こうぼ》に応《おう》じ　えらばれて日本《にほん》の函館領事館付《はこだてりょうじかんつき》の司祭として赴任《ふにん》することを熱《あつ》く語《かた》りました。だまってインノケンティはきいています。

すこしあるくと、丸木小屋《まるきこや》があり、大《おお》きなそりが立《た》てかけてありました。物干《ものほ》し竿《ざお》には防寒具《ぼうかんぐ》や旅《たび》に使用《しよう》した毛皮《けがわ》などが干《ほ》されています。庭《にわ》に　八頭の犬がねそべっていま

したが、インノケンティの足音《あしおと》をきくと　むっくり　起《お》きあがり　あまえています。

犬のあたまをなでながら　インノケンティがさりげなく　ききます。

「なにをしに　日本《にほん》へいくのですか」

ためらうことなく　ニコライがこたえます。

「異教《いきょう》を信奉《しんぽう》する日本の人《ひと》びとに　救《すく》いの福音《ふくいん》をもたらし、洗礼《せんれい》をさずけ、クリスチャンとします……インノケンティ大主教さまが、いろいろな土地《とち》でなされておられるように」


――


「もうすこし　あるきましょう」

未来《みらい》への夢《ゆめ》　渇望《かつぼう》など、熱弁《ねつべん》をふるってきたニコライの話題《わだい》がとぎれがちになり、凍《こお》った路《みち》をゆく　ふたりの足音《あしおと》がおおきくなってきました。

西陽《にしび》が、アムール川《がわ》の支流《しりゅう》を照《て》らしています。岸辺《きしべ》のせりあがった雪が、川《かわ》を圧《お》しつぶさんばかりにのしかかります。川面《かわも》が　アメシストいろに　きらきら輝《かがや》いています。

「さすがの大主教さまも〝ひと疲《づか》れ〟したのだろうか」

そう思《おも》いながら、春まで 日本への便船《びんせん》まで待《ま》っているニコライは、胸《むね》に去来《きょらい》する不《ふ》安《あん》を口《くち》にしました。

「大主教さま、くじけそうになったことはありませんか。挫《ざ》折《せつ》とか、夢《ゆめ》をあきらめる、とか」

サンクトペテルブルグやモスクワなどの都会《とかい》出身《しゅっしん》の主教、司祭にはみられない、風雪《ふうせつ》が刻《きざ》んだ老爺《ろうや》のような風貌《ふうぼう》のインノケンティがふり返《かえ》ります。

「旅《たび》です」

なぞの答《こた》えです。

「苦難《くなん》の旅が、凄絶《せいぜつ》な光景《こうけい》が、わたしをささえてくれます」

その返答《へんとう》に ニコライはおどろきました。

「苦難の旅…… 凄絶な光景……」

「流氷《りゅうひょう》を オーロラを 知《し》っていますか」

丘《おか》のうえから　ふたりで小川《おがわ》を遠望《えんぼう》しているニコライは　けげんな表情《ひょうじょう》です。

「……シベリア東岸《とうがん》、アムール川下《がわか》流域《りゅういき》からオホーツク海《かい》へ　日本の北海道近海《ほっかいどうきんかい》へとながれゆく　おおきな氷《こおり》の塊《かたまり》のことですよね」

「流氷の埋《う》めつくした海をわたり、すばらしいオーロラを体験《たいけん》しました」

インノケンティは　ウナラスカの思いでをかたりました。

「流氷をわたり　ウニマク島《とう》でみた、オーロラが　わすれられません。……わたしは神《かみ》に出会い、神を知りました。オーロラに照《て》らされて、わたしの復活《ふっかつ》、不屈《ふくつ》の人生《じんせい》がはじまりました」

ちょっと大《おお》げさな表現《ひょうげん》だった、と思いかえし　インノケンティは、はにかみました。

その話《はなし》をきいて　はっとしたニコライは、「そんなに美《うつく》しいオーロラだったのですか」、いわずもがなのことを　問《と》い返《かえ》してしまいました。

老師《ろうし》は　わかものの心奥《しんおう》に　はなしかけました。

「あなたを一生《いっしょう》ささえる　神との出会《であ》いを大切《たいせつ》になさい。信仰《しんこう》の拠《よ》りどころ、生《い》きる糧《かて》

が　あなたに希望《きぼう》と勇気《ゆうき》をあたえ、聖《せい》なる使命《しめい》を全《まっと》うさせます」

いまも生《い》きている記憶《きおく》を　インノケンティは、わかきニコライに伝《つた》えたいと思いました。極北《きょくほく》の島の　降誕祭のオーロラが　じぶんを照らし　ささえ　みちびいていることを。

旅がインノケンティを〝生み　育《そだ》てた〟のです。

八年後の一八六八年、七一歳にして「全《ぜん》ロシアの府主教《ふしゅきょう》」に叙聖されるべく　シベリアからモスクワへ旅《たび》だつ日《ひ》のくることを　インノケンティは、知《し》りませんでした。

シベリアの原野《げんや》を生《い》きぬく　古木《こぼく》のような師《し》の横《よこ》がおを、ニコライはみました。夕陽《ゆうひ》を浴《あ》びている師は、神《かみ》の使《つか》いの織《お》りなすオーロラに照らされ　いま神とともに生《い》きている、ニコライは　そう信《しん》じました。

聖なる美は
時空を超えて

マトフェイ土田定克

ここに『みちびきの星』及び『わたしが十字架になります』につづく第三弾『恋人たちの夜明け』が上梓されたことを言祝《ことほ》ぎたい。第一弾は、クリスマスの題材の奥に読みとれる世界を生き生きと描き出した作品。第二弾は、動植物はじめ全受造物が神人の奇蹟に触れたときの思いを刻み込んだような作品。そして第三弾は、この一瞬にやどる永遠の美を見つめ、造物主を讃《たた》えたくなるような作品に仕上がっている。いずれも七〜八つほどの小品集で、キリスト教の二大祭日（降誕祭と復活祭）の間をこだましながら、信じて生きることの喜びをやさしく伝えている。だれもが陥りがちな不信や思い悩みを共体験しながら、そのシーンに見合う名言が飛び出してくる。あちこちに古風な言い回しが散りばめられ、しとやかな語調に花を添えている。三冊とも朗読にふさわしい文体で、響きとしても構成としても音楽的に美しい。

シリーズ第三弾である『恋人たちの夜明け』は、時空を超えて展開する「ひとつのこと」がその主題である。その時代、その土地にしかない条件の中で、人々がどのように生きたか。それらに一貫するものは何か。ときおり人々を導く「みちびきの星」がシリーズのライトモチーフ（主導動機）のごとく現れて来世をほのめかす。はてはこの小品集こそ、漠然とした不安感を抱えている現代人にとって行く手を照らすみちびきの星となりうるのではないか。それは小さくても遠くから人々を招く穏やかな光。本シリーズは信じることを忘れがちな私たちに、真に持つべきものと行くべき方向を示していると言えるだろう。

「星降る大地」は、今から二千年前、イエスの直弟子ヤコブを主人公とし、ユーラシア大陸最西端のイスパニア（スペイン）でのお話である。帆船で運ばれる聖使徒ヤコブのご遺体は、目的地へ着くまで天国を象るような自然描写で彩られ、その墓地一帯が「星降る大地」と呼ばれるようになった由来を解き明かす。あたかも前奏曲のようにすっと読者を惹きつけつつ、本書の副主題である「致命《ちめい》（殉教）による勝利」という生き方にも触れている。

「くつしたの贈りもの」は、サンタクロースの由来であるミラ・リキヤの大主教奇蹟者聖ニコライ（二七〇頃〜三五二）にまつわる三〜四世紀の物語である。なぜ赤い靴下にクリスマスプレゼントを入れる習慣になったかという点では、おもしろい解釈を示している。結婚式や降誕祭という明るい祭日を主軸に置き、主教と信徒との心温まる絆が描かれている。

つづく「恋人たちの夜明け」も三世紀の義人の話であり、ローマ軍とゴート族の戦場が舞台となる。軍医ラウレンティウスは復活祭の夜明けに受洗を決意したものの、最初のうちは捕虜を治療したり敵に授洗したりする行為に激しい抵抗を覚える。やがて献身的な助手ニコルとめでたく結婚して司祭となるが、あいにくキリスト教迫害の時代のため、降誕祭の夜明けに自ら致命（殉教）に赴くこととなる。最後は無数のヤリの穂先に照り返る朝陽を浴びながら、永遠の生命への確信のうちに幕を閉じる。廉施《れんし》者・致命者聖バレンタイン（？〜二六九頃）の生涯が元となっている。

まぎれもなく御旨にしたがって生きるとはどういうことかを示した物語が、つづく

「とらわれびとのクリスマスツリー」である。ここでは三世紀後半、ブリタニア（イギリス）の敬虔な少年の壮絶な半生を描き上げている。海賊に売られ奴隷にされた当初は復讐心を抱いたものの、最後は「生きる場所の問題ではない……奴隷であることが問題なのではない、じぶんの生き方だ、そう思えるようになりました」という名台詞が光を放っている傑作。サロフの聖セラフィムが「己の霊を鎮めよ、されば爾《なんじ》の周りの人々は救はれん」（訳ニコライ高松光一）と諭したとおり、こういう人をとおして周囲の人々も変わる。アイルランドの使徒聖パトリキウス（三八七？～四六二）を元とした物語である。

一転して「きらめく聖歌」は五～六世紀、コンスタンティノープルの聖ソフィア大聖堂での逸話である。主人公のロマンは、主の降誕祭のイコンの前で回心したのち、生神女から「人のことばではなく、神のことばによって生き」なさいという祝福を受ける。本当の祈りとは何か、を考えさせられる佳作である。コンスタンティノープルの名聖歌作者聖ロマン（四九〇～五五六）の生涯が元となっている。

「聖樹《クリスマスツリー》伝説」は、八世紀ゲルマニア（ドイツ）のヘッセン地方にて、キリスト教を嫌う異教徒に対して真の信仰が勝利するさまを描いている。ドイツの使徒聖ボニファティウス（六七五〜七五四）が姿を見せ、異教徒に「祝福されし大地に、悪しきものはない」と告げる。そして救世主に祈りを献じるや、それまで悪用されてきた木が聖樹《クリスマスツリー》へと変容するところが見ものである。修道女リオバも実在の人物で、聖ボニファティウスの弟子であった。

　このような「異教徒への布教」というテーマを受け継いで、「オーロラに照らされて」にて本書のクライマックスを迎える。舞台は十九世紀ロシア、北米の亜使徒アラスカの聖インノケンティ（一七九七〜一八七九）の生き様が刻々と描かれる。ここで主人公は厳寒の大地で見たオーロラをとおして神と出会う。逆境を越えて、神の偉大さを目のあたりにしたときの感激であろうか。氷のクレバス（深い裂け目）を慎重に避けながら、流氷の上を犬ぞりで物怖じせずに渡っていくさまは圧巻。注目すべきは、史実どおり日本の亜使徒《あしと》聖ニコライ（一八三六〜一九一二）と出会う点である。つまり本書をとおして、わたしたちはキリストの福音が二千年の時を経て極西から極東まで宣べ伝えられたことを実感できるのだ。壮大なロマンというほかない。若き聖ニコライが不安を口にしたとき、聖インノケンティは雪嵐《ブリザード》の後に見たオーロラを思い出しながら、「苦難の旅が、凄絶な光景が、わたしをささえてくれます」と言う。なぜなら人は苦難をとおして神に出会い、受難して復活されたキリストを体験するからであろう。そのような「神との出会いを大切になさい」と……。きっとこの行を読んでくださっている方々も、もちろん文字どおりのオーロラではなくとも、どことなくそれと似たような神妙な体験をされたことはあるのではなかろうか。

このように、本作品は史実に基づく聖人伝を素材とし、その背景にあったと思われる出来事や心の動きを色鮮やかに描きながら、信仰のありかを問うことに成功している。読者はそのリアルな空間にのまれ、その場にただよう匂いを嗅ぎ、登場人物の吐息を耳にしながら「信じること」と「迷うこと」の間を行き来する。これほど心に迫りくる聖人伝もあるまい。本書を飾る『恋人たちの夜明け』という表題は、今年六十五歳になられる神父が「瑞々《みずみず》しい感性を失いたくない」という思いで付けられた題名である。裏を返せば「人は愛し合うことで心の闇が晴れる」というメッセージではなかろうか。だとしたら、むやみに敵意や不安を煽りたててくる現代の情報社会において、これ以上に必要なメッセージもあるまい。本シリーズは、ほどなく第四弾『イースター小品集２』も上梓される予定であるという。またひとつ、みちびきの星が本邦の出版界に灯るかもしれないと思うと、わくわくせずにいられない。

岩手出身の童話作家といえば仏教徒の宮沢賢治。同じく岩手出身の正教徒の童話作家といえばパウェル及川信神父である。神父様の前途に主のご加護が豊かにあらんことを心より祈りつつ――。

ハリストス　復活！

令和六年五月五日　主の復活祭に　　仙台にて

あとがき

この本に掲載された聖書の言葉は、日本聖書協会の「新共同訳」と「口語訳」聖書を参考にしています。祈祷文、聖歌詞は、日本正教会の祈祷書を参考にしていますが、作品の内容に合わせて、すこし変えているものがあります。正教会の聖なる伝承、聖人伝などを織りまぜていますが、物語のほとんどが作者の創作であることをご理解ください。

一月、一七年あまりいっしょに暮らしたミニチュアピンシャー、愛犬りんが永眠しました。深夜わたしに手渡されたとき、すでに心臓が止まり呼吸もなく、ぐったりしていました。「りん」、声をかけると、わたしのからだに鼓動が伝わったので、おどろきました。「だいじょうぶ、ぼくはいるよ。安心して」、そう語っていました。わたしは心の中で「無理してがんばらなくていいよ、神さまのところへおゆき」といいました。うなずくように鼓動を高め、ありえないことに三度も呼吸をしてから、りんは、静かに寝りにつきました。抱きしめ、うでにくるんだ温もり、信頼のつよさ、絆の太さに、いまも胸が熱くなります。小型犬にはふさわしくない眼力《めぢから》に人格と意志を感じさせ、さいごまで自立歩行して寝たきりにならず、名前どおり、凛として生きた、一八歳二か月でした。いまになって至福の時をいっしょに過ごしたことがわかります。きっと楽園で待っていてくれるでしょう。

心象風景をできるかぎり立体的に、空想と夢を生きる張り合いに、これらの作品を書きました。ほんとうにエデンの園、神の楽園は、失われてしまったのでしょうか。わたしたちに見えていないだけなのではありませんか。神の指先は、ほら　ここにも、あそこにも。

表題作『恋人たちの夜明け』、恋愛小説に挑戦してみました。次作『道化師の恋』も恋愛小説です。読んでいただいて作品が完成します。教会の神父が恋愛小説などと、つつましくないこととお思いでしょうか。信仰は恋愛に似ていると思いませんか。

わたしが神学生のころから親交のあった美術史家サワ鐸木《すずき》道剛《みちたか》先生が二月に永眠されました。「神父様の啓蒙のお働き、大きいです」と先生は、いつも励ましてくださいました。サワ先生の永遠の安息をお祈りします。

わたしの上梓する本に欠かせない絵を画いてくださる聖像画家エウゲニア白石孝子先生、ありがとうございます。京都聖堂に安置された「救主　受難の十字架」イコンは白石先生、渾身の傑作だと思います。本年一月三田市でのコンサートにて心うたれたピアニストにして作家のマトフェイ土田定克先生、心身の引きしまるメッセージありがとうございます。また校閲、的確なご助言により後援してくださるカッシヤ川又敦子さん、ヨベル社の安田正人社長とスタッフの皆様、みたび　ごいっしょに仕事ができましたこと、深く御礼と感謝をいたします。

子どもたち、アンドレイ和、ペトル侑、アンナ玲と嫁ぎ先の宮崎家の皆様、そして孫のひかりに、この本を贈ります。

二〇二四年　七月一二日　京都
聖使徒ペトル・パウェルの祭日

パウェル　及川　信

著者・解説者・画家　略歴

パウェル及川信（おいかわ　しん）

1959年岩手県生。北海道立釧路湖陵高等学校、東京正教神学院、愛知大学卒業。日本ハリストス正教会教団　東京、名古屋、鹿児島、人吉をへて現在　京都正教会。長司祭。正教神学院講師。
著書『ロシア正教会と聖セラフィム』『馬飼聖者』『オーソドックスとカトリック』（サンパウロ）、『神父になったサムライ』『聖書人物伝』（日本正教会　西日本主教区）『クリスマス小品集　みちびきの星』『イースター小品集　わたしが十字架になります』（以上ヨベル）、**共著**『日本正教史』（教文館）等。

マトフェイ土田定克

（つちだ　さだかつ　ピアニスト・尚絅学院大学教授）

1975年東京生。桐朋学園大学音楽学部ソリスト・ディプロマコースを経て、モスクワ音楽院卒業、同大学院修了。第３回ラフマニノフ国際コンクール第１位（2002年、モスクワ）。国内のみならずロシア、ウクライナ、クロアチア、タイ、韓国などで演奏会多数。2018年、ウクライナの第二代大統領クチマより功労感謝状授与。仙台ハリストス正教会聖歌隊正指揮者。
CD「ラフマニノフ 24のプレリュード」「ピアノ名曲集　乗り越えて」。
著書『ラフマニノフを弾け』、**編著書**『溢奏《いっそう》』（いずれもアルファベータブックス）。**共訳書**『聖イグナティ・ブリャンチャニノフ著作集』『天のパン』『神は我等と共にすればなり』（いずれも日本ハリストス正教会東日本主教教区宗務局）ほか。

エウゲニア白石孝子（しらいし　たかこ　画家・イコン画家）

1948年北海道生。札幌南高等学校卒業、北海道教育大学特設美術課程を経て、慶応義塾大学文学部美学卒業。特美時代に札幌正教会司祭だった日比神父の勧めでイコンを書き始める。1977年初めてイコンの個展を開催、1985年セラミックイコンを発表する。1991年多摩大賞展にて奨励賞受賞（東京都多摩市所蔵）。1994年岡山県赤磐市にアトリエを移し、白石デザイン研究所専従の傍らイコンの制作、イコンワークショップ、個展などを開催。
イコン所蔵正教会：釧路、札幌、苫小牧、徳島、柳井原、圷、前橋、足利、鹿沼、人吉、京都、豊橋など。

クリスマス小品集 2　恋人たちの夜明け

2024 年 11 月 15 日 初版発行

著　者 —— 及川　信
発行者 —— 安田 正人
発行所 —— 株式会社ヨベル　YOBEL, Inc.
〒 113-0033 東京都文京区本郷 4-1-1-5F
TEL03-3818-4851　FAX03-3818-4858
e-mail：info@yobel. co. jp

印刷 ——中央精版印刷株式会社
装幀 ——ロゴスデザイン：長尾優

配給元 —— 日本キリスト教書販売株式会社（日キ販）
〒 112 - 0014　東京都文京区関口 1-44-4
Tel 03-3260-5670　Fax 03-3260-5637

ISBN978-4-911054-38-3 C0016

運命《うんめい》の恋人《ひと》に出会《であ》うとき　ひとは　生《う》まれ変《か》わる

史上最大《しじょうさいだい》のキリスト教迫害者《きょうはくがいしゃ》

ローマ皇帝《こうてい》ディオクレティアヌスの

目《め》のまえに起《お》こる　奇蹟《きせき》

『道化師《どうけし》の恋《こい》』

及川　信　　イースター小品集 2

1　光《ひかり》の風《かぜ》
2　ともだちはライオン
3　ひつじ飼《か》い
4　ドラゴン退治《たいじ》
5　道化師の恋
6　かたぐるま
7　おしりのお医者《いしゃ》さん
8　クマのすむ森《もり》

静《しず》かな余韻《よいん》のしみわたる　珠玉《しゅぎょく》の掌篇《しょうへん》

つぎの作品集を　たのしみに　お待《ま》ちください

好評既刊 発売中

『クリスマス小品集　**みちびきの星**』

『イースター小品集　**わたしが十字架になります**』

『クリスマス小品集　みちびきの星』

すてきな朗読をきいてみませんか

1　イエスをたすけたクモ　　12 分 38 秒

2　乳香の木　　13 分 31 秒

3　みちびきの星　　15 分 03 秒

朗読者　**西村　英子**（にしむら　えいこ）

略歴

1956 年　岡山県生まれ

1976 年　岡山放送（OHK）にアナウンサーとして入社

情報番組、報道ニュースキャスター、特番他を担当。その後、制作、事業、スポーツ、編成、コンテンツビジネス部署勤務

2016 年　岡山放送を 40 年勤めて退社、その後、伝筆協会認定講師として活動開始。伝筆講師、筆文化を海外に発信、筆文字の個展など開催。

現在フリーアナウンサーの傍ら、

オリジナルの筆文字でさまざまの分野と企画及びコラボする等、上質な大人の学びと遊びを提案している。

資　格　フードアナリスト、箸教育講師

野菜ソムリエ、ラメアートインストラクター

録　音　（株）ＯＨＫエンタープライズ

【書評再録：本のひろば2023年8月号】

繊細かつ劇的で虹色の光を放つ水滴のような言葉

及川 信著『イースター小品集 わたしが十字架になります』

評者 久松英二氏

本書は、イエスの死と復活にまつわる福音書の記述に関わりのある人物やモノを素材として、著者が豊富な聖書知識をイマジネーションと斬新な発想でアレンジし、8編のショートストーリーに紡ぎあげた珠玉の作品である。

たとえば、第1話「赤いゆり」は、純白のゆりが少しずつ赤みを帯びて、最後には深紅に染まるプロセスを、受胎告知、カナの婚宴、ラザロの復活、磔刑後のイエスの遺体を乗せた荷車の移動という時間経過の中で描出している。もちろん、福音書にはそのすべての場面においてゆりは登場しないが、著者は明らかに受胎告知の図像で定番のアトリビュートである大天使ガブリエルが手にしている白ゆりから着想を得たと思われる。純潔を連想させる純白のゆりを天使からもらったマリアは、やがてぶどう酒の奇跡によって盛り上がるカナの婚宴の喜びを象徴する「ワインレッドのような赤色」のゆり、ラザロに吹き込まれた新たな命を謳歌する「みかん色、うす紅色、桃色」のゆり、そして最後に十字架で流した我が子の血を象徴する「真紅」のゆりに出会う。ゆりの色の変化がマリアの心の動きと連動していく様は、繊細かつ劇的である。

アレゴリカルなストーリーとしては、本書のタイトルにもなっている「私が十字架になります」が印象的である。イエスの受難が始まる頃、エデンの園に降り立った天使が、そこに集った草木に対しイエスが受難に要する道具となるよう指示する。すなわち、いばらの冠には「パリウルス」というとげのある木が、イエスの遺体に塗られるはずの香油にはオリーブ、バラ、乳香の木が、イエスが纏う一枚の亜麻織物には亜麻が、聖体礼儀によって実現される「救いのはじまり」の杯となるべきぶどう酒には、ぶどうの木が指名される。しかし、最後に「十字架の木」となるべき者を天使が残りの草木たちに募ったところ、役割を終えた後、火に焼かれ灰となる、と告げられたことに恐れをなし、草木たちはいろいろな言い訳をして回避しようとする。そんな中、普段は炭焼き用の木として用いられる「うばめがし」が、その役を買って出る。「私が十字架になります」とはこのうばめがしの言葉だ。ところが、この言葉を聞いた天使が突然豹変し、「炎の剣」で言い訳した草木たちを焼き滅ぼそうとする。すると、うばめがしが「神よ、かれらはなにをしているのかわからなかったのです。どうか、おゆるしください」と、十字架上のイエスと同じ言葉で懇願し、天使は剣を鞘におさめる。イエスの死と復活を共に経験したうばめがしは、いまやエデンにおいて「善悪を知る木」および「生命の木」と並んで、「十字架の木」として植えられ、記憶される存在となった。

このストーリーには数々の聖書的寓意が発見される。聖書に親しんでいる人ほどそれは理解される。8編全部がそのように象徴と寓意の宝箱のような濃密な内容となっているが、聖書の知識がなくとも、それなりの理解の仕方で読者の心に深い感銘を与える作品となっている。特筆すべきは、8編のいずれも虹色の光を放つ水滴のような言葉が散りばめられた美しさと哀しさと優しさに満ちた物語となっている点である。著者は正教司祭であるが、宗派の違いを超えた普遍的心性に根差す作品であること、またイコン画家の白石孝子氏の挿絵と詩人でエッセイストの山崎佳代子氏のあとがきも秀逸であることを申し添えておく。

（ひさまつ・えいじ＝龍谷大学 国際学部国際文化学科 教授）

（四六判・二一六頁・一五四〇円、二〇二三年三月刊）